LA VIDA EN LOS CAMPOS

GIOVANNI VERGA

LA VIDA EN LOS CAMPOS

NOVELAS CORTAS

LOS RÚSTICOS CABALLEROS

(Cavalleria rusticana.)

Turiddu Macca, el hijo de la "señá" Anuncia, al volver de servir al rey, pavoneábase todos los domingos en la plaza, con su uniforme de tirador y su gorro rojo, que parecía "talmente" el hombre de la buenaventura cuando saca la jaula de los canarios. A las mozas íbanseles tras él los ojos, según entraban en misa, recatadas bajo la mantilla, y los chiquillos revoloteaban como moscas a su alrededor. Había traído hasta una pipa con el rey a caballo, que parecía de verdad, y encendía los fósforos en la trasera de los pantalones, levantando la pierna como si diese un puntapié. Mas, con todo, Lola la del señor Angel no se dejaba ver ni en misa ni en el balcón: que se había tomado los dichos con uno de Licodia que era carretero, y tenía en la cuadra cuatro machos del Sortino. Cuando Turiddu lo supo, en el primer pronto, ¡santo diablo!, quería sacarle las tripas al de Licodia; pero no lo hizo, y se desahogó yendo a cantar bajo la ventana de la bella cuantas canciones de desdenes sabía.

— ¿Es que no tiene nada que hacer Turiddu, el de la "seña" Anuncia — decían los vecinos —, que se pasa las noches cantando como un gorrión solitario?

Al cabo, topó con Lola, que volvía del viaje a la Virgen de los Peligros, y que al verle ni palideció ni se puso colorada, cual si nada hubiera pasado.

— ¡Ojos que te ven!— le dijo.

— Hola, compadre Turiddu; ya me habían dicho que habías vuelto a primeros de mes.

— ¡A mí me han dicho otras cosas! — respondió —. ¿Es verdad que te casas con el compadre Alfio el carretero?

— ¡Si es la voluntad de Dios...! — contestó Lola, juntando sobre la barbilla las dos puntas del pañuelo.

— ¡La voluntad de Dios la haces con el tira y afloja que te conviene! ¡Y la voluntad de Dios ha sido que yo tenía que venir de tan lejos para encontrarme con tan buenas noticias, Lola!

El pobrecillo intentaba aún dárselas de valiente; pero la voz casi le faltaba e iba tras de la moza contoneándose, bailándole de hombro a hombro la borla del gorro. A ella, en conciencia, le dolía verle con una cara tan larga; pero no tenía ánimos para lisonjearle con buenas palabras.

— Oye, compadre Turiddu — le dijo, al fin —, déjame alcanzar a mis compañeras. ¡Qué dirían en el pueblo si me vieran contigo!...

— Es verdad — respondió Turiddu —. Ahora que te casas con el compadre Alfio, que tiene cuatro machos en la cuadra, no hay que dar que hablar a la gente. Mi madre, la pobre, ha tenido que vender nuestra mula baya y el majuelillo de la carretera mientras yo era soldado. Pasó el tiempo en que Berta hilaba, y tú ya no te acuerdas de cuando hablábamos por la ventana del corral ni de cuando me regalaste el pañuelo aquél, antes de marcharme, que Dios sabe las lágrimas que lloré en él, al irme tan lejos, tan lejos, que se perdía hasta el nombre de nuestro pueblo. Ahora, adiós, Lola; hagamos cuenta que no hay más que decir, y que si te he visto, no me acuerdo.

La Lola se casó con el carretero, y los domingos se ponía en el corredor, con las manos en el vientre, para enseñar todos los anillos de oro que le había regalado su marido. Turiddu seguía paseando una y otra vez por la calleja, con su pipa en la boca y las manos en los bolsillos, con aire indiferente y guiñándole a las mozas; pero roíale por dentro el que el marido de Lola tuviese todo aquel oro y el que ella fingiese no verle cuando pasaba.

— ¡Se la voy a hacer en sus mismos ojos a esa perra! — murmuraba.

Frente por frente al compadre Alfio vivía el señor Colás, el viñador, rico como un cerdo según decían, el cual tenía una hija. Turiddu tanto dijo y tanto hizo, que intimó con el señor Colás, y comenzó a andar por la casa y a decirle palabritas dulces a la muchacha.

— ¿Por qué no le dices todas esas cosas tan bonitas a la Lola? — contestaba Santa.

— ¡La Lola es una señorona! ¡La Lola se ha casado con un rey!

— Yo no merezco reyes...

— Tú vales por cien Lolas, y conozco yo a uno que no miraría a la Lola ni al santo de su nombre cuando estás tú, porque la Lola no sirve ni para descalzarte. ¡Qué va a servir!

— La zorra que no podía alcanzar las uvas...

— Dijo: ¡qué guapa estás, rica mía!

— ¡Quietas las manos, compadre Turiddu!

— ¿Tienes miedo de que te coma?

— Ni a ti ni a tu Dios tengo miedo!

— ¡Ya sabemos que tu madre era de Licodia! ¡Tienes sangre de pelea! ¡Uy, te comería con los ojos!

— Cómeme con los ojos, si quieres, que no me harás migas; pero mientras, carga con este haz.

— ¡Por ti cargaría yo con la casa entera!

Ella, por no ponerse colorada, le tiró un leño que tenía a mano, y no le dió por milagro.

— Vamos, despacha, que la charla no gavilla sarmientos.

— Si fuera rico, Santa, buscaría una mujer como tú.

— Yo no me casaré con un rey, como la Lola; pero tengo mi dote para cuando el Señor me mande novio.

— ¡Ya sabemos que eres rica, ya lo sabemos!

— Pues si lo sabes, despacha, que está para llegar mi padre y no quiero yo que me encuentre en el corral.

El padre empezaba a torcer el gesto; pero la muchacha no se daba por enterada, porque la borla del gorro del tirador le había hecho cosquillas en el corazón y le bailaba continuamente ante los ojos. Como el padre puso a Turiddu en la puerta, la hija le abrió la ventana, y todas las noches estaba de charla con él, que no se hablaba de otra cosa en la vecindad.

— Estoy loco por ti, y hasta el sueño pierdo y el apetito.

— Cháchara.

— ¡Quisiera ser el hijo de Victor Manuel para casarme contigo!

— Cháchara.

— Por la Virgen, que como pan te comería!

— Cháchara.

— ¡Por mi honra te lo juro!

— ¡Ay madre mía!

Lola, que lo oía todo, palideciendo y ruborizándose, escondida tras el tiesto de albahaca, un día llamó a Turiddu.

— ¡Vaya, compadre Turiddu! ¿Es que ya no se saluda a los amigos?

— ¡Ay! — suspiró el mozo —. ¡Dichoso el que puede saludarte!

— ¡Pues si tal intención tienes, ya sabes donde vivo!... — respondió Lola.

Turiddu volvió a verla con tanta frecuencia, que Santa se enteró y le dió con la ventana en los hocicos. Los vecinos le señalaban con una sonrisa o con un movimiento de cabeza cuando pasaba el tirador. El marido de Lola andaba por las feries con sus mulas.

— ¡El domingo quiero ir a confesarme, que esta noche he soñado con uvas negras! — dijo Lola.

— ¡Déjalo, déjalo! — suplicaba Turiddu.

— No, que como se acerca la Pascua, mi marido querría saber por qué no me confieso.

— ¡Ay! — murmuraba Santa, la del señor Colás, esperando turno de rodillas ante el confesonario, donde Lola estaba haciendo la colada de sus pecados—. ¡Por mi alma, que no quiero mandarte a Roma en penitencia!

El compadre Alfio volvió con sus mulas, cargado de dineros, y trajo a su mujer un vestido nuevo, muy majo, para las fiestas.

— Haces bien en traerle regalos — le dijo su vecina Santa —, ¡porque mientras estás fuera, tu mujer te adorna la casa!

El compadre Alfio era uno de esos carreteros que llevan la montera a la oreja, y al oír hablar de su mujer de aquel modo mudó de color, como si le hubiesen dado una puñalada.

— ¡Santo diablo! — exclamó —. ¡Como no hayas visto bien, no os dejo ni ojos para llorar a ti y a toda tu parentela!

— ¡No acostumbro llorar yo! — respondió Santa —; ni siquiera he llorado al ver con estos ojos entrar a Turiddu, el de la "seña" Anuncia, en casa de tu mujer...

— Está bien — respondió el compadre Alfio —; muchas gracias.

Turiddu, ahora que había vuelto ya el marido, no rondaba de día por la calleja, y distraía el tedio en la taberna con los amigos. La víspera de Pascua tenían sobre la mesa un plato de salchicha, cuando entrando en esto el compadre Alfio, con sólo ver el modo que tuvo de mirarle, comprendió Turiddu que había ido a arreglar cuentas, y dejó el tenador en el plato.

— ¿Tienes algo que mandar, compadre Alfio? — le dijo.

— Nada, compadre Turiddu, sino que hace ya tiempo que no te veo y quería hablarte de lo que sabes.

Turiddu, al pronto, le había ofrecido una copa; pero el compadre Alfio la rehusó con la mano. Entonces Turiddu se levantó y le dijo:

— Pues aquí me tienes, compadre Alfio.

El carretero le echó los brazos al cuello.

— Si quieres ir mañana a las chumberas de la Canziria, podremos hablar de nuestro asunto compadre.

— Espérame en la carretera, al salir el sol, e iremos juntos.

Con estas palabras se dieron el beso de desafío, y Turiddu le mordió la oreja al carretero, haciéndole así promesa solemne de no faltar.

Los amigos, abandonando la salchicha, acompañaron silenciosos a Turiddu hasta su casa. La "señá" Anuncia, la pobrecilla, esperábale hasta tarde todas las noches.

— Madre — le dijo Turiddu —, ¿se acuerda cuando me fuí al servicio, que creía usted que ya no iba a volver? Deme un beso muy fuerte como entonces, porque mañana temprano tengo que irme muy lejos.

Antes de ser de día cogió la faca, que había escondido en el heno cuando se marchó soldado, y se puso en camino hacia las chumberas de la Canziria.

— ¡Jesús María! ¿Adónde vas tan furioso? — lloriqueaba la Lola a punto de salir su marido.

— Voy ahí cerca— respondió el compadre Alfio —; pero mejor te sería que no volviese nunca.

Lola, en camisa, rezaba a los pies de la cama, llevándose a los labios el rosario que le había traído fray Bernardino de los Santos Lugares, cuantas avemarías podía.

— Compadre Alfio — comenzó Turiddu luego que hubieron hecho un buen trecho del camino él y su compañero, que iba callado y con la montera sobre los ojos —, como hay Dios que se que no tengo corazón y que me dejaría matar. Pero antes de salir he visto a mi vieja, que se ha levantado para verme marchar, que el pretexto de arreglar el gallinero, como si se lo diera el corazón, y, como hay Dios, que te mataré como perro por no hacer llorar a mi viejecica.

— Eso está muy bien — respondió el compadre Alfio quitándose el farseto —; así pincharemos con fuerza los dos.

Ambos eran buenos esgrimidores. Turiddu tiró el primer golpe y alcanzó al otro en un brazo; al repetir, tiró a la ingle.

— ¡Ah, compadre Turiddu! ¿Es que de veras quieres matarme?

— Si, ya te lo he dicho; acabo de ver a mi vieja en el gallinero, y me parece tenerla continuamente delante.

— ¡Pues abre bien los ojos! — le gritó el compadre Alfio —, porque vas a ir bien servido!

Según estaba en guardia, agachado, para contener la herida que le dolía, y arrastrando casi el codo por el suelo, agarró un puñado de tierra y se lo echó a los ojos al adversario.

— ¡Ah! — gritó Turiddu, cegado —, ¡soy muerto!

Intentaba salvarse dando saltos desesperados hacia atrás; pero el compadre Alfio le alcanzó con otro golpe en el estómago y otro en el cuello.

— ¡Y tres! ¡Este, por haberme adornado la casa! Ahora, tu madre dejará en paz las gallinas.

Turiddu se tambaleó un poco entre las chumberas y cayó luego como una piedra. La sangre le borbotaba espumando en la garganta, y no pudo proferir ni un "¡Ay mi madre!".

"LA LOBA"

Era alta, delgada; tenía, eso sí, un seno firme y vigoroso, de morena — aunque ya no era joven —, pálida como si tuviera siempre la malaria, y en aquella palidez, unos ojos así de grandes y unos labios frescos y rojos que te comían.

En el pueblo la llamaban "La Loba" porque nunca ni con nada se saciaba. Las mujeres se santiguaban al verla pasar sola como un perro, con aquel andar errante y desconfiado de loba hambrienta; robaba hijos y maridos en un abrir y cerrar de ojos, con sus labios colorados y se los llevaba tras de sus faldas, con aquella mirada de Satanás, aunque estuviesen ante el altar de Santa Agripina. Por fortuna, "La Loba" no iba nunca a la iglesia, ni por Pascua ni por la Navidad, ni a oír misa, ni a confesarse. El padre Angel de Santa María de Jesús, un verdadero siervo de Dios, había perdido el alma por ella.

La pobre Marica, muchacha buena y lista, lloraba a hurtadillas, porque, hija de "La Loba", nadie la quería por mujer, a pesar de tener su ropita en la cómoda y sus cuatros terrones como cualquier otra moza del pueblo.

Un buen día, "La Loba" se enamoró de un guapo mozo que había vuelto del servicio y que segaba el heno con ella en los prados del notario; pero lo que se dice enamorarse, sentir que le ardían las carnes bajo el fustán del corpiño y tener al mirárle a los ojos la sed de las cálidas tardes de junio, en medio del llano. Pero él seguía segando tranquilamente, atento al la gavilla, y le decía:

— ¿Qué tiene, "señá" Pina?

En los campos inmensos, donde sólo se oía el canto de los grillos, cuando caía el sol a plomo, "La Loba" gavillaba manojo tras manojo y haz tras haz, sin cansarse jamás, sin enderezar un momento al cuerpo, sin acercar los labios a la botella, con tal de estar siempre pisándole los talones a Nanni que, segaba y segaba, y preguntábale de cuando en cuando:

— ¿Qué quiere, "señá" Pina?

Una noche se lo dijo, mientras los hombres dormitaban en la era cansados de la larga jornada, y vagaban los perros por el campo vasto y negro.

— ¡Te quiero... a ti, que eres guapo como un sol y dulce como la miel! ¡Te quiero a ti!

— Y yo quiero a tu hija, que es mocita — respondió Nanni riendo.

"La Loba" llevóse las manos a la cabeza, rascóse las sienes sin decir palabra y, marchándose luego, ya no volvió más por la era. Pero en octubre se encontró de nuevo con Nanni, según hacían el aceite, porque trabajaba junto a su casa, y el chirrido de la prensa no le dejaba dormir en toda la noche.

— Coge el saco de las aceitunas — le dijo a su hija — y ven conmigo.

Nanni empujaba con la pala las aceitunas bajo la muela, y gritábale "¡ohí" a la mula para que no se parase.

— ¿Quieres a mi hija Marica? — le preguntó la "señá" Pina.

— ¿Qué le da usted a su hija Marica? — respondió Nanni —. Tiene lo de su padre, y a más le doy mi casa; a mí me basta con que me des un rincón de la cocina donde tender un jergón.

— Si es así, para Navidad hablaremos — dijo Nanni.

Nanni estaba todo untado y sucio del aceite y de las aceitunas puestas a fermentar, y Marica no le quería en modo alguno; pero su madre la agarró por los pelos, delante del hogar, y le dijo, apretando los dientes:

— ¡Si no te casas con él, te mato!

"La Loba" parecía enferma, y decía la gente que el diablo cuando se hace viejo se mete a fraile. Ya no iba de aquí para allá; ya no se ponía a la puerta con aquellos ojos de endemoniada. Su yerno, cuando ella se le plantaba delante con aquellos ojos, echábase a reír, y sacaba el escapulario de la Virgen para persignarse. Marica estábase en casa amamantando a sus hijos, y su madre andaba por los campos trabajando con los hombres, como un hombre enteramente, escardando, cavando, conduciendo el ganado, podando las cepas, ya soplase el gregal, ya levante de enero o siroco de agosto, cuando los machos agachaban la cabeza y los hombres dormían de bruces al resguardo de la pared a tramontana. "En esa hora entre véspero y nona, en que no anda hembra bona", la señá Pina era la única alma viviente a quien se veía errar por el campo, sobre los guijarros abrasados de los senderos, entre los secos rastrojos de los campos inmensos, que se perdían en el caliginoso ambiente, lejos, muy lejos, hacia el Etna neblinoso, donde el cielo pesaba sobre el horizonte.

— Despierta — dijole "La Loba" a Nanni, que dormía en la cuneta, junto al seto polvoriento, con la cabeza entre los brazos —. Despierta, que te he traído el vino para que refresques el gañote.

Nanni abrió los ojos lacrimosos, entre dormido y despierto, y se la encontró derecha, pálida, prepotente el pecho, los ojos negros como el carbón, y extendió a tientas las manos.

— ¡No; "no anda hembra bona entre véspero y nona"! — sollozaba Nanni, escondiendo la cara en la hierba seca de la cuneta y arañándose los pelos — ¡Vete, vete; no vuelvas más a la era!

Y se marchó "La Loba", en efecto, anudándose otra vez las hermosas trenzas, fija la mirada ante sus pasos en los cálidos rastrojos, con los ojos negros como el carbón.

Pero volvió varias veces a la era, y Nanni no le dijo nada. Antes bien: cuando tardaba en ir a esa hora, entre véspero y nona, íbase a esperarla a lo alto de la senda blanca y desierta, con el sudor en la frente, y después se llevaba las manos a la cabeza y repetíale siempre:

— ¡Vete, vete, y no vuelvas más a la hora!

Marica lloraba día y noche, y plantábase ante su madre, ardiéndole los ojos de lágrimas, como una lobezna a su vez, siempre que la veía volver del campo pálida y muda.

— ¡Mala madre! — le decía —. ¡Mala madre!

— ¡Calla!

— ¡Ladrona, ladrona!

— ¡Calla!

— ¡Iré a decírselo al brigadier!

— ¡Ve!

Y fué de veras, con sus hijos en brazos, sin miedo, sin verter una lágrima, como una loca, porque ahora también ella quería a aquel marido que le habían dado a la fuerza, untado y sucio de las aceitunas puestas a fermentar.

El brigadier mandó llamar a Nanni, y le amenazó incluso con el presidio y la horca. Nanni se dió a llorar y a tirarse de los pelos. ¡No negó nada! ¡No intentó disculparse!

— ¡Es la tentación — decía —; es la tentación del infierno!

Y se arrojó a los pies del brigadier, suplicandole que le mandase a presidio.

— ¡Por caridad, señor brigadier, sáqueme de este infierno! ¡Que me matan! ¡Que me maten en la cárcel; pero que no la vea nunca más!

— ¡No! — respondióle, por el contrario, "La Loba" al brigadier —. Yo me reservé un rincón de la cocina donde dormir cuando les di mi casa en dote. La casa es mía. ¡No quiero marcharme!

Poco después, a Nanni le atizó una coz el macho, y estuvo a la muerte; pero el párroco se negó a darle el Señor si "La Loba" no salía de la casa. "La Loba" se marchó, y su yerno entonces pudo prepararse a irse también como buen cristiano, y confesó y comulgó con tales muestras de arrepentimiento y de contrición, que todos los vecinos y curiosos lloraban junto al lecho del moribundo. Mejor habríale sido morirse aquel día, antes de que el diablo volviese a tentarlo y a metérsele en alma y cuerpo cuando estuvo curado.

— ¡Déjame! — decíale a "La Loba" —. ¡Por caridad, déjame en paz! ¡He visto con estos ojos a la muerte! La pobre Marica está desesperada. ¡Ya lo sabe todo el pueblo! Cuando no te veo es mejor para ti y para mi...

Habría querido sacarse los ojos para no ver los de "La Loba", que cuando se clavaban en los suyos haciénle perder el alma y el cuerpo. No sabía qué hacer para librarse del embrujamiento. Pagó misas a las ánimas del Purgatorio; fué a pedirles ayuda al párroco y al brigadier. Por Pascua se confesó y se arrastró públicamente, lamiendo los guijarros del sagrado, delante de la iglesia, en penitencia, y luego, como "La Loba" volviese a tentarlo:

— Oye — le dijo —; no vuelvas a buscarme a la era, porque si vuelves, como hay Dios que te mato.

— Mátame — respondió "La Loba" —, no me importa; pero sin ti no quiero estar.

Como la divisó de lejos, en medio de los verdes sembrados, dejó de cavar la viña y fué a arrancar el hacha del olmo. "La Loba" le vió acercarse, pálido, con ojos extraviados, con el hacha brillando al sólo, y no se echó atrás un solo paso; no bajó los ojos; siguió andando a su encuentro, llenas las manos de manojos de rojas amapolas, comiéndoselo con sus ojos negros.

— ¡Ah, maldita sea tu alma! — balbució Nanni.

NEDDA

El hogar doméstico era siempre a mis ojos una figura retórica, buena para encuadrar los afectos más dulces y serenos, como el rayo de luna para besar las rubias cabelleras; pero me sonreía al oír que el fuego de la chimenea es casi un amigo. Parecíame, en verdad, un amigo harto necesario, a las veces fastidioso y despótico, que poco a poco quisiera atarnos de pies y manos y arrastrarnos a su antro humoso para besarnos a la manera de Judas. No se me alcanzaba el pasatiempo de atizar al fuego, ni la voluptuosidad de sentirse inundado por el resplandor de la llama; no comprendía el lenguaje del leño crepitando desdeñoso o rezongando en llamaradas; no tenía acostumbrados los ojos a los caprichosos dibujos de las chispas, corriendo como luciérnagas sobre los ennegrecidos tizones a las fantásticas formas que al carbonizarse asume la leña, a las mil gradaciones de claroscuro de la llama azul y roja, que ora lame tímida o acaricia graciosamente, ora se eleva con orgullosa petulancia. Cuando me inicié en los misterios de las tenazas y el fuelle, me enamoré con grandes transportes de la voluptuosa ociosidad de la chimenea. Abandono pues, mi cuerpo sobre la butaca, junto al fuego, como dejaría un traje, encomendando a la llama el cuidado de hacer que mi sangre circule más cálida y que mi corazón lata con más fuerza, y a las chispas fugitivas que revolotean como mariposas enamoradas el que mantengan abiertos mis ojos, y hagan al par errar caprichosamente mis pensamientos. El espectáculo del propio pensamiento revoloteando vagamente en nuestro derredor, o abandonándonos para correr lejos, e infundir, sin que nos demos cuenta, soplos de dulzura y amargura en el corazón, tiene indefinibles atractivos. Con el cigarro medio apagado, entornados los ojos, las tenazas escapándose de los flojos dedos, vemos venir de lejos una parte de nosotros mismos y recorrer distancias vertiginosas; parécenos que pasen por nuestros nervios corrientes de atmósferas desconocidas; probamos, sonrientes, sin mover un dedo ni dar un paso, el efecto de mil sensaciones que nos harían encanecer y surcarían de arrugas nuestra frente.

Y en una de esas peregrinaciones vagabundas del espíritu, la llama, que se elevaba acaso sobrado cerca, me hizo ver de nuevo otra llama gigantesca, que había visto arder en el hogar inmenso de la hacienda del Pino, en las faldas del Etna. Llovía, y el viento bramaba encolerizado; las veinte o treinta mujeres que recogían la aceituna de la finca hacían humear sus faldas mojadas de la lluvia, ante el fuego; las alegres, las que tenían cuartos en el bolso, o estaban enamoradas, cantaban; las otras charlaban de la cosecha de aceituna, que había sido mala, de las bodas de la parroquia, o de la lluvia que les robaba el pan de la boca. La vieja mayorala hilaba, aunque no fuese más que porque el candil colgado de la campana del hogar no ardiese en balde; el perrazo color de lobo alargaba el hocico sobre las patas hacia el fuego, enderezando las orejas a cada gemido del viento. Luego, en tanto que hervía la sopa, el mayoral se puso a tocar un aire montañés, que se iban los pies tras él, y las mozas empezaron a saltar sobre el inseguro pavimento de la vasta cocina humeante, en tanto el perro rezongaba con miedo de que le pisaran el rabo. Revoloteaban las faldas alegremente, y las habas bailaban a su vez en la olla, murmurando entre la espuma que hacía surgir la llama. Cuando las mozas se cansaron, llególe el turno a las coplas.

— ¡Nedda, Nedda la cantarina! — exclamaron varias —. ¿Dónde se ha escondido la cantarina?

— Aquí estoy — respondió brevemente una voz desde el más obscuro rincón, donde estaba acurrucada una moza sobre un haz de leña.

— ¿Qué haces ahí?

— Nada.

— ¿Por qué no has bailado?

— Porque estoy cansada.

— Cántanos uno de tus cantares.

— No, no quiero cantar.

— ¿Qué tienes?

— Nada.

— Tiene que su madre se está muriendo — respondió uno de sus compañeras, como si hubiese dicho que le dolían las muelas.

La moza, que tenía la barba en las rodillas, miró a la que había hablado, con sus ojazos negros, brillantes, pero secos e impasibles, y volvió a bajarlos sin decir palabra, fijos en sus pies desnudos.

Entonces, dos o tres volviéronse hacia ella, mientras las otras se desbandaban charlando todos a la vez como urracas, festejando el rico cebo, y le dijeron:

— Si es así, ¿por qué has dejado a tu madre?

— Por encontrar trabajo.

— ¿De dónde eres?

— De Viagrande; pero vivo en Ravanusa.

Una de las burlonas, la hija del mayoral, que estaba para casarse por Pascua con el tercer hijo del señor Jacobo, y que tenía una linda crucecita de oro al cuello, le dijo, volviéndole la espalda:

— ¡No está lejos! ¡Un pájaro te traería la mala noticia!

Nedda le lanzó una mirada semejante a la que el perro acurrucado junto al fuego lanzaba a los zuecos que amenazábanle el rabo.

— ¡No; el tío Juan habría venido a llamarme! — exclamó como respondiéndose a sí misma.

— ¿Quién es el tío Juan?

— El tío Juan de Ravanusa; todos le llaman así.

— Mejor habría sido que el tío Juan de prestase algo, y no dejar a tu madre — dijo otra.

— El tío Juan no es rico, y ya le debemos diez liras. ¿Y el médico? ¿Y las medicinas? ¿Y el pan de cada día? ¡Ay, se dice muy pronto! — añadió Nedda moviendo la cabeza y dejando escapar por primera vez una entonación más dolorosa en su voz ruda, casi salvaje — ¡Pero el ver desde la puerta ponerse el sol, pensando que no hay pan en la alacena, ni aceite en el candil, ni trabajo para el día siguiente, es una cosa muy amarga cuando se tiene a una pobre vieja enferma, sobre aquel camastro!

Y movía la cabeza después de hablar sin mirar a nadie, con los ojos secos, que delataban un dolor inconsciente, cual no sabían expresar los más habituados a las lágrimas.

— ¡Las escudillas, muchachas! — gritó la mayorala, destapando la olla con aire triunfal.

Todas se agolparon en torno al hogar, donde la mayorala distribuía con paciente parsimonia el potaje de habas. Nedda esperaba la última, con su escudilla bajo el brazo. Al cabo, hubo sitio para ella también, y la llama la iluminó por entero.

Era una muchacha morena míseramente vestida; tenía esa timidez y tosquedad que dan la soledad y la miseria. Tal vez habría sido guapa si los trabajos y fatigas no hubiesen alterado en ella, no ya las nobles facciones de la mujer, pero incluso la figura humana. Eran sus cabellos negros, espesos, ensortijados, anudados apenas con un cordelillo; tenía unos dientes blancos como el marfil, y cierta grosera simpatía de facciones que hacía atrayente su sonrisa. Sus ojos eran negros, grandes, bañados en azulado flúido, que habríaselos envidiado una reina a aquella pobre muchacha acurrucada en el último escalón de la escala humana, a no estar ensombrecidos por la timidez de la miseria o a no haber parecido estúpidos por una triste y continua resignación. Sus miembros, aplastados por enormes pesos o desarrollado violentamente por penosos esfuerzos, eran toscos sin ser robustos. Hacía de peón cuando no tenía con qué transportar piedras en los terrenos en roturación; llevaba encargos a la ciudad por cuenta ajena o se empleaba en los trabajos más duros, estimados en aquellos lugares como inferiores a la dignidad humana. La vendimia, la siega, la recolección de la aceituna eran para ella fiestas, días de holgorio, un pasatiempo más que un trabajo. Bien es verdad que sacaba apenas la mitad de un buen jornal veraniego de peón, que le daba ¡sus sesenta y cinco céntimos!, los harapos que llevaba por vestido, haciendo grotesca lo que hubiera debido ser belleza femenina. La imaginación más despierta no hubiera podido figurarse que aquellas manos obligadas a un áspero trabajo cotidiano, a raspar entre el hielo o en la tierra ardiente, o en cambrones y grietas; que aquellos pies acostumbrados a andar desnudos sobre la nieve o por las rocas abrasadas de sol, a herirse en los espinos y a encallecerse en las piedras, hubieran podido ser bellos. Nadie era capaz de decir los años que tenía aquella humana criatura; la miseria le había agobiado desde niña con todos los trabajos que deforman y endurecen el cuerpo, el alma y la inteligencia. Tal había sucedido con su madre, con su abuela, y tal hubiera pasado con su hija. De sus hermanos en Eva bastaba que tuviese lo poco que necesitaba para entender sus órdenes y prestarlos los más humildes y duros servicios.

Nedda alargó su escudilla, y la mayorala le echó cuanto de habas quedaban en la olla, que no era mucho.

— ¿Por qué vienes siempre la última? ¿No sabes que los últimos no tienen más que sobras? — le dijo a manera de compensación la mayorala.

La pobre muchacha bajó los ojos sobre el caldo negro que humeaba en su escudilla, como si mereciese el reproche, y se fué despacito, para que no se vertiese el contenido.

— Yo te daría de buena gana de las mías — díjole a Nedda una de sus compañeras, que tenía mejor corazón—; pero si mañana sigue lloviendo..., ¡la verdad!, no querría, además de perder el jornal, comerme todo mi pan.

— ¡Yo no tengo ese miedo! — respondió Nedda con triste sonrisa.

— ¿Por qué?

— Porque no tengo pan... Lo poco que tenía se lo he dejado juntamente con unos pocos cuartos a mi madre.

— ¿Y vives sólo con la sopa?

— Sí; estoy acostumbrada — respondió Nedda simplemente.

— ¡Maldito tiempo, que nos roba el jornal! — imprecó otra.

— Toma, toma de mi escudilla.

— No tengo más hambre — respondió la cantarina torpemente, a modo de gracias.

— Tú, que maldices la lluvia de Dios, ¿es que no comes pan tampoco? — díjole la mayorala a la que había imprecado contra el mal tiempo —. ¿Qué, no sabes que lluvia de otoño quiere decir buen año?

Un murmullo general aprobó estas palabras.

— Sí; pero entre tanto son ya tres buenos medios jornales que su marido nos quitará de la cuenta de la semana.

Otro murmullo de aprobación.

— ¿Has trabajado, por un casual, estos tres medios días para que se te paguen? — respondió triunfalmente la vieja.

— ¡Es verdad; es verdad! — respondieron las demás, con ese sentimiento instintivo de justicia de las masas, aun cuando semejante justicia perjudique a los individuos.

La mayorala entonó el rosario; siguiéronse las avemarías con su monótono sonsonete, acompañadas de tal cual bostezo; después de la letanía se rezó por los vivos y por los muertos, y entonces los ojos de la pobre Nedda llenáronse de lágrimas y se olvidó de responder "amén".

— ¿Qué es eso de no contestar "amén"? — le dijo la vieja en tono severo.

— Pensaba en mi pobre madre, que está tan lejos — balbució Nedda tímidamente.

Luego, la mayorala dió las *santas noches*, tomó el candil y se marchó. Aquí y allá, por la cocina o en torno al fuego se improvisaron las yacijas en forma pintoresca. Las últimas llamas arrojaron vacilantes claroscuros sobre los diversos grupos. Era una buena hacienda aquélla, y el amo no ahorraba, como tantos otros, habas para la sopa, leña para el hogar ni paja para las yacijas. Las mujeres dormían en la cocina, y los hombres, en el henar. Donde el amo es avaro, o pequeña la hacienda, hombres y mujeres duermen revueltos, como mejor pueden, en la cuadra o en otra parte, sobre la paja o sobre unos trapos; los hijos, junto a los padres, y cuando el padre es rico y tiene una manta de su propiedad, la extiende sobre su familia; el que tiene frío se pega al vecino, mete los pies en la ceniza caliente o se tapa con paja, ingeniándose como puede, luego de un día de trabajo, para empezar otro día de trabajo; el sueño es profundo, igual que un déspota benéfico, y la moralidad del amo no desdeña sino el trabajo de la muchacha que, próxima a ser madre, no pudiese cumplir las diez horas.

Antes de ser de día salieron las más madrugadoras a ver qué tiempo hacía, y la puerta, que giraba a cada momento sobre sus goznes, lanzaba ráfagas de lluvia y viento frío sobre los que, ateridos, dormían aún. A los primeros albores, el mayoral fué a abrir la puerta para despertar a los perezosos; que no es justo defraudar al patrón un minuto de las diez horas de jornal, porque para eso paga su buena tarja, y a veces tres carlinos (¡sesenta y cinco céntimos!) a más de la sopa.

¡Llueve!, era la palabra fastidiosa que corría de boca en boca con acento de mal humor. La Nedda, apoyada en la puerta, miraba tristemente los gruesos nubarrones color de plomo, que arrojaban sobre ella las lívidas tintas del crepúsculo. El día era frío y neblinoso; las hojas secas se desprendían, arrastrándose por entre las ramas, y revoloteaban un momento antes de caer en la tierra fangosa; el arroyuelo se empantanaba en un charco, donde se revolcaban voluptuosamente los cerdos; las vacas asomaban el negro hocico a través de la cancela que cerraba el establo, y miraban la lluvia que caía de sus ojos melancólicos; los pájaros, acurrucados bajo las tejas del alero, piaban lastimeramente.

— ¡Otro día perdido! — murmuró una de las muchachas, hincándole el diente a un pan negro.

— Las nubes se separan del mar allá abajo — dijo Nedda extendiendo el brazo —; hacia mediodía tal vez cambie el tiempo.

— Pero el tunante del mayoral no nos pagará más que un tercio del jornal.

— Eso saldremos ganando.

— Sí; pero ¿y el pan que nos comemos?

— ¿Y el daño que tendrá el amo de las aceitunas que se estropean y las que se pierdan en el barro?

— Es verdad — dijo otra.

— Pues prueba a coger ni una sola de las aceitunas que se habrán perdido dentro de media hora, para comértelas con tu pan seco, y verás lo que te da de más el amo.

— ¡Claro, porque las aceitunas no son nuestras!

— ¡Pero tampoco son de la tierra que se las come!

— ¡La tierra es del amo! — respondió Nedda, con lógica triunfante y ojillos expresivos.

— Eso también es verdad — contestó otra que no sabía qué responder.

— Yo, por mi, preferiría que siguiese lloviendo todo el día, antes que pasarme la tarde a gatas, metida en el barro, en este tiempo, por tres o cuatro cuartos.

— ¡A ti no te hace nada tres o cuatro cuartos! — dijo Nedda tristemente.

La noche del sábado, cuando llegó la hora de ajustar las cuentas de la semana, ante la mesa del mayoral, llena de papelotes y montones de dinero, a los hombres más alborotados pagóseles primero, después a las mujeres más resueltas, por último, y peor, a las tímidas e débiles. Cuando el mayoral le hizo su cuenta, Nedda vino a saber, que, quitando los dos días y medio de forzado reposo, le quedaban cuarenta cuartos.

La pobre muchacha no osó abrir la boca. Unicamente los ojos se le llenaron de lágrimas.

— ¡Quéjate además, llorona! — gritó el mayoral, que gritaba siempre, como mayoral concienzudo que defiende los cuartos del amo —. ¡Después que te pago como a las otras, a pesar de que eres más pobre y más pequeña que las demás, y de que te pago un jornal como ningún amo paga en toda la tierra de Pedara, Nicolosi y Trecastagni, tres carlinos y la sopa!

— Si no me quejo... — dijo tímidamente Nedda, guardándose los pocos cuartos que el mayoral, para aumentar su valor, había contado uno por uno —. La culpa ha sido del mal tiempo, que me ha quitado la mitad de lo que habría podido sacar.

— ¡Pues enfádate con Dios! — dijo el mayoral ásperamente.

— Con Dios, no... conmigo, que soy tan pobre.

— Págale entera su semana a esa pobre muchacha — dijo al mayoral el hijo del amo, que asistía a la recolección de la aceituna —. Total son muy pocos cuartos de diferencia.

— No se le debe dar más que lo que es justo.

— ¡Pero si te lo digo yo!

— Todos los propietarios de alrededor nos harían la guerra a usted y a mí si "hiciésemos esas novedades".

— ¡Tienes razón! — respondió el hijo del amo, que era un rico propietario y tenía muchos vecinos.

Nedda recogió los pocos harapos que eran suyos y dijo adiós a la compañía.

— ¿Te vas a Ravanusa a estas horas? — le dijeron algunas.

— ¡Mi madre está mala!

— ¿No tienes miedo?

— Sí; tengo miedo por los cuartos que llevo en el bolsillo; pero mi madre está mala, y como ya no tengo que trabajar aquí, me parece que no podría dormir si me quedase una noche más.

— ¿Quieres que te acompañe? — le dijo en son de burla el zagal.

— Voy con Dios y la Virgen — contestó simplemente la pobre muchacha, emprendiendo el camino con la cabeza baja.

El sol se había puesto tiempo hacía, y las sombras ascendían rápidamente hacia la cima de la montaña. Nedda andaba ligera, y cuando las tinieblas se hicieron profundas, empezó a cantar como un pájaro asustado. A cada diez pasos volvíase aterrorizada, y cuando una piedra removida por la lluvia resbalaba de una tapia abajo, o el viento le salpicaba la cara a modo de pedrisco con la lluvia recogida en las hojas de los árboles, se detenía temblorosa como una cabra perdida. Un buho la seguía de árbol en árbol, con su canto lastimero, y ella, contenta de la compañía, le hacía el reclamo para que el pájaro no se cansase de seguirla. Cuando pasaba ante una capillita, junto a la puerta de alguna hacienda, se detenía un instante en la vereda para rezar a toda prisa un avemaría, con cuidado de que no se le echase encima, desde la tapia, el perro guardián, que ladraba furiosamente; luego seguía más apresurada, volviéndose dos o tres veces a mirar el farolillo que ardía en homenaje a la santa, alumbrando al propio tiempo al mayoral, cuando volvía tarde del campo. Aquel farolillo le daba ánimos y le hacía rezar por su pobre madre. De cuando en cuando un doloroso pensamiento le encogía el corazón con súbito ahogo, y entonces echaba a correr, cantaba en voz alta para aturdirse, o pensaba en los alegres días de la vendimia, o en las noches de verano, cuando con la luna más hermosa del mundo se volvía del llano saltando tras la cornamusa que sonaba alegremente; mas su pensamiento corría siempre hasta la mísera yacija de su enferma. Tropezó en una esquirla, de lava cortante como una navaja de afeitar, y se hirió un pie; la obscuridad era tan densa, que en las revueltas del sendero la pobre muchacha dábase muchas veces contra una tapia o un seto, y empezaba a perder ánimos y a no saber dónde se encontraba. De pronto, oyó el reloj de Punta, que daba las nueve, tan cerca, que le parecía como si las campanadas cayesen sobre su cabeza. Nedda sonrió como si un amigo la hubiese llamado por su nombre en medio de una muchedumbre de extranjeros.

Tomó alegremente el camino del pueblo, cantando a todo voz su canción, apretando en la mano, dentro del bolsillo del delantal, sus cuarenta cuartos.

Al pasar por delante de la botica, vió al boticario y al notario, que, muy abrigados, jugaban a las cartas. Un poco más allá encontró al pobre loco de Punta, que recorría la calle de un lado a otro, metidas las manos en los bolsillos, canturreando el cantar que desde hace veinte años le acompaña en las noches de invierno y en los mediodías caniculares. Cuando llegó a los primeros árboles de la recta avenida de Ravanusa, topó con una yunta de bueyes, que iban rumiando tranquilamente, con lento paso.

— ¡Ohé, Nedda! — gritó una voz conocida.

— ¿Eres tú, Janu?

— Sí; yo soy; con los bueyes del amo.

— ¿De dónde vienes? — preguntó Nedda sin detenerse.

— Vengo de la Plana. He pasado por tu caso. Tu madre te está esperando.

— ¿Cómo está mi madre?

— Lo mismo.

— ¡Que Dios te bendiga! — exclamó la muchacha, como si hubiese tenido peores noticias, y empezó a correr de nuevo.

— ¡Adiós, Nedda! — le gritó Janu.

— Adiós — balbució de lejos Nedda.

Le pareció que las estrellas brillaban como soles; que los árboles, uno por uno, extendían las ramas para protegerla, y que los guijarros del camino le acariciaban pies doloridos.

Al día siguiente, que era domingo, hubo la visita que el médico concedía a sus enfermos pobres el día que no podía consagrarse a sus haciendas. Una visita triste, en verdad, porque el bueno del doctor no estaba acostumbrado a gastar cumplidos con sus clientes, y en la casucha de Nedda no había antecámara ni amigos a quienes anunciar el verdadero estado de la enferma.

El mismo día se siguió una triste función; fueran el cura con roquete, el sacristán con los Santos Oleos, y dos o tres comadres murmurando no sé qué rezos. La campanilla del sacristán difundía su agudo sonido por los campos, y los carreteros, al oírla, paraban sus mulas en medio del camino y se quitaban la gorra. Cuando Nedda la oyó por la pedregosa senda, tiró de la colcha toda rota de la enferma, para que no se viese que no tenía sábanas, y puso su mejor delantal blanco sobre el cojo velador, afianzado con dos ladrillos. Luego, en tanto el cura cumplía su deber, se arrodilló a la puerta, balbuciendo maquinalmente unas oraciones, mirando como entre sueños aquella piedra ante el umbral en que su viejecica solía calentarse al sol de marzo, y escuchando distraídamente los sólitos ruidos de la vecindad y el vaivén de toda aquella gente, que hacía sus menesteres sin angustias ni penas. El cura se marchó, y el sacristán esperó en vano a la puerta a que le dieron la acostumbrada limosna para los pobres.

El tío Juan vió ya muy tarde aquella noche a Nedda corriendo por el camino de Punta.

— ¡Eh! ¿Adónde vas a estas horas?

— Voy por una medicina que ha mandado el médico.

El tío Juan era económico y gruñón.

— ¡Más medicinas — murmuró —, despúes de haber mandado la medicina de la unción! ¡Como que ésos van a medias con el boticario para chuparles la sangre a los pobres. Oye lo que te digo, Nedda, ahórrate esos cuartos y ve a estarte con tu vieja.

— ¡Quién sabe si le hará bien! — respondió tristemente la muchacha, bajando los ojos y apretando el paso.

El tío Juan contestó con un gruñido. Luego le gritó:

— ¡Eh, tú, cantarina!

— ¿Qué quiere usted?

— Yo iré a la botica. Iré más de prisa que tú, no lo dudes. Entre tanto, no dejarás sola a tu madre.

A la muchacha se le saltaron las lágrimas.

— ¡Que Dios le bendiga! — le dijo, y quiso ponerle el dinero en la mano.

— Los cuartos me los darás luego — respondió ásperamente el tío Juan, y se dió a andar con las piernas de sus veinte años.

La muchacha volvió a su casa y le dijo a su madre:

— Ha ido el tío Juan — y lo dijo, cual no solía, con voz dulce.

La moribunda oyó el sonido de los cuartos que Nedda dejaba sobre el velador, y la interrogó con los ojos.

— Me ha dicho que después se los daré — respondió la muchacha.

— ¡Que Dios le pague su caridad! — murmuró la enferma —. Así no te quedarás sin un céntimo.

— ¡Ay, madre!

— ¿Cuánto le debemos al tío Juan?

— Diez liras. ¡Pero no tenga miedo, madre; yo trabajaré!

La vieja la miró largo rato, semiapagada ya la vista, y después la abrazó sin decir palabra. Al día siguiente fueran los enterradores, el sacristán y las comadres. Cuando Nedda hubo colocado a la muerta en el ataúd, con sus mejores ropas, le puso entre las manos un clavel florecido dentro de un puchero roto, y el más lindo mechón de sus cabellos; le dió a los sepultureros los pocos cuartos que le quedaban para que la llevasen con modo y no zarandeasen demasiado a la muerta por la pedregosa senda del cementerio; luego arregló el camastro y la casa, colocó sobre el vasar el último vaso de medicina, y fué a sentarse en el umbral de la puerta, mirando el cielo.

Un pardillo, el friolero pajarillo de noviembre, se puso a cantar entre la leña seca que coronaba la tapia frontera y la puerta, y saltando entre los espinos y el rastrojo, la miraba con maliciosos ojillos, cual si quisiera decirle algo. Nedda pensó que su madre le había oído cantar el día antes. En el huerto de al lado había unas aceitunas por el suelo, y las urracas iban a picotearlas; ella las había espantado a pedradas para que la moribunda no oyese su fúnebre graznido; ahora las miró impasible, y no se movió, y cuando por el camino próximo pasaron los vendedores de altramuces, el vinatero o las carreteros, hablando a gritos para sobrepujar el ruido de los carros y de las sonajas de las mulas, se decía: "Ese es Fulano; aquél es Mengano." Al sonar el Avemaría y encenderse la primera estrella de la tarde, recordó que ya no tenía que ir a Punta por la medicina; y a medida que los ruidos fueran perdiéndose en el camino y cayendo las tinieblas sobre el huerto, pensó que ya no tenía necesidad de encender la luz.

El tío Juan se la encontró de pie, ante la puerta. Se había levantado al oír pasos por la senda, porque ya no esperaba a nadie.

— ¿Qué haces aquí! — le preguntó el tío Juan.

Ella se encogió de hombros y no contestó.

El viejo se sentó a su lado, en el umbral, y no dijo más.

— Tío Juan — dijo la muchacha, luego de largo silencio —; ahora ya no tengo a nadie y puedo ir lejos a buscar trabajo; me iré a la Roccella, donde aun dura la recolección de la aceituna, y a la vuelta le devolveré los dineros que nos prestó.

— ¡Yo no he venido a pedirte tus dineros! — le respondió, ofendido, el tío Juan.

La muchacha no habló más, y entrambos se quedaron callados, oyendo cantar al buho. Nedda pensó que tal vez era el de dos noches antes, y sintió que se le apretaba el corazón.

— ¿Tienes trabajo? — preguntó al cabo el tío Juan.

— No; pero ya encontraré algún alma caritativa que me lo dé.

— He oído decir que en Aci Catena pagan a las mujeres, por empaquetar la naranja, a razón de una lira diaria, sin sopa, y he pensado en seguida en ti; ya has hecho ese oficio en mayo pasado y debes estar práctica en ello. ¿Quieres ir?

— ¡Ojalá!

— Sería menester que mañana, con el alba, estuvieras en el jardín del Mirlo, en la revuelta del atajo que va a Santa Ana.

— Puedo marchar esta noche. Mi pobre madre no ha querido costarme muchos días de descanso.

— ¿Sabes el camino?

— Sí; ya preguntaré.

— Pregúntale al mesonero de la carretera de Valverde, pasado el castañar, a la izquierda del camino. Pregunta por el señor Vinivannu, y dile que vas de mi parte.

— Así lo haré — dijo la pobre muchacha.

— He pensado que no tendrías pan para la semana — dijo el tío Juan, sacando un pan moreno del fondo de su bolsillo y dejándolo sobre el velador.

Nedda se ruborizó, como si fuese ella la que hacía tan buena acción. Luego de un instante continuó:

— Si el señor cura dijese mañana la misa por mi madre, yo le haría dos días de trabajo cuando coja las habas.

— Ya he mandado decir la misa — respondió el tío Juan.

— ¡Ay, la pobre muerta rogará también por usted! — murmuró la muchacha con gruesos lagrimones en los ojos.

Al cabo, cuando el tío Juan se marchó y oyó perderse a lo lejos el rumor de sus pesados pasos, cerró la puerta y encendió la luz. Entonces le pareció que estaba sola en el mundo, y tuvo miedo de dormir en aquel pobre camastro en que solía acostarse junto a su madre.

Las mozas del pueblo murmuraron de ella por haber ido a trabajar al día siguiente de la muerte de su vieja y por no haberse puesto de negro; el señor cura la regañó mucho cuando el domingo la vió a la puerta de su casa cosiéndose el delantal que había mandado teñir, único y pobre luto, y tomó argumento de ello para predicar en la iglesia contra la mala costumbre de no observar las fiestas y los domingos. La pobre muchacha, para que le fuese perdonado tan gran pecado, fué a trabajar dos días a las tierras del cura, a fin de que dijese la misa por su muerta el primer lunes del mes; y los domingos, cuando las mozas vestidas de fiesta se apartaban de ella en el banco y se reían, y los mozos, al salir de la iglesia, le decían groseros piropos, se arrebujaba en su mantilla todo rota y apresuraba el paso, bajando los ojos, sin que un mal pensamiento turbase la serenidad de su rezo, o se decía a sí misma, a modo de merecido reproche: "¡Soy tan pobre!"; o también, mirándose los brazos: "¡Bendito sea el Señor que me los ha dado!", y seguía andando tan sonriente.

Una noche — había apagado poco hacía la luz —, oyó en el sendero una voz que cantaba hasta desgañitarse, con la melancólica cadencia oriental de las canciones campesinas:

"Ya falta poco pa que te vea, niña del alma..."

— ¡Es Janu! — dijo en voz baja, saltándole el corazón dentro del pecho como un pájaro espantado, y escondió la cabeza entre las sábanas.

Al día siguiente, cuando abrió la ventana, vió a Janu con su traje nuevo de fustán, en cuyos bolsillos quería meter a la fuerza sus manazas morenas y encallecidas en el trabajo, asomando coquetonamente de la escarcela del farseto un flamante pañuelo de seda; Janu estaba tomando el sol de abril, apoyado en la tapia del huerto.

— ¡Janu! — dijo ella como si nada supiese.

— ¡Se te saluda! — exclamó el mozo con su mejor sonrisa.

— ¿Qué haces ahí?

— Vengo de la Plana.

La muchacha sonrió y miró a las alondras que saltaban aún por el verde en la temprana hora matinal.

— Has vuelto con las alondras.

— Las alondras van adonde encuentran mijo, y yo, adonde hay pan.

— ¿Cómo, qué dices?

— El amo me ha echado.

— ¿Por qué?

— Porque había cogido las fiebres y no podía trabajar más que tres días por semana.

— ¡Ya se ve! ¡Pobre Janu!

— ¡Maldita Plana! — imprecó Juan, extendiendo el brazo hacia la llanura.

— ¿Sabes que mi madre?... — dijo Nedda.

— Me lo ha dicho el tío Juan.

Ella no dijo más, y miró al huertecillo del otro lado de la tapia. Humeaban los guijarros húmedos; las gotas de rocío relucían sobre cada brizna de hierba; los almendros en flor susurraban levemente, y dejaban caer sobre el tejadillo de la casa sus flores blancas y rosadas que embalsamaban el aire; un gorrión, petulante y temeroso a un tiempo, piaba estrepitosamente, amenazando a su manera a Janu, que con su rostro desconfiado parecía acechar el nido, del que asomaban entre las tejas algunas pajas indiscretas. La campana de la iglesia llamaba a misa.

— ¡Qué gusto que da oír "nuestra" campana! — exclamó Janu.

— Esta noche he conocido tu voz — dijo Nedda poniéndose colorada y hurgando con una horquilla la tierra del tiesto en que tenía sus flores.

El se volvió y encendió la pipa como hacen los hombres.

— ¡Adiós, me voy a misa! — dijo bruscamente Nedda, echándose atrás luego de largo silencio.

— Toma, te he traído esto de la ciudad — le dijo el mozo desatando su pañuelo de seda.

— ¡Ay, qué bonito! ¡Pero esto no es para mí!

— ¿Por qué? ¡Si no te cuesta nada! — respondió el mozo con lógica campesina.

Ella se puso colorada, como si tanto gasto le hubiera dado cabal idea de los cálidos sentimientos del mozo; se lanzó, sonriente, una mirada entre acariciadora y salvaje, y cuando oyó los recios zapatones de él sobre los guijarros del sendero, se asomó para acompañarle con los ojos, según iban andando.

En misa, las mozas del lugar pudieron ver el precioso pañuelo de Nedda, con aquellas rosas estampadas que daban ganas de comérselas, sobre las que el sol, brillando a través de los vidrios de la iglesia, reflejaba sus más alegres rayos. Cuando pasó junto a Janu, que estaba al lado, junto al primer ciprés del atrio, apoyado de espaldas al muro, fumando su pipa, sintió un gran calor en el rostro y que el corazón le latía en el pecho con violencia, y echó a andar ligera. El mozo la siguió, silbando, viéndola cómo andaba de prisa, sin volver la cabeza, con su traje nuevo de fustán que hacía pesados y elegantes pliegues, sus zapatos y su mantilla flamante. La pobre hormiga, ahora que su madre, ya en el cielo, no era una carga para ella, había logrado hacerse un poco de ropa con su trabajo. ¡Entre tantas miserias como tiene el pobre, hay al menos el alivio que traen consigo las pérdidas más dolorosas!

Nedda oía tras de sí, con grande placer o miedo — no sabía cuál de las dos cosas — los pesados pasos del mozo, y veía sobre el polvo blancuzco de la carretera, recta e inundada de sol, otra sombra que de cuando en cuando se apartaba de la suya. De pronto, cuando estuvo a la vista de su casucha, se dió a correr como una cervatilla asustada. Janu la alcanzó, ella se apoyó en el umbral, toda ruborizada y sonriente, y le puso la mano en el hombro.

— ¡Eh, tú!

El se apartó con galantería un tanto rústica.

— ¿Cuánto te ha costado el pañuelo? — preguntó Nedda quitándoselo de la cabeza, para extenderlo al sol y contemplarlo gozosa.

— Cinco liras — respondió Janu un poco amoscado.

Ella sonrió sin mirarle; dobló con mucho cuidado el pañuelo, fijándose en la señal que habían dejado los pliegues, y se puso a canturrear una cancioncilla que no se le venía a la boca de mucho tiempo atrás.

El puchero roto sobre la barandilla abundaba en capullos de claveles.

— ¡Qué lástima — dijo Nedda — que no los haya abiertos! — y cortando el capullo más hermoso, se lo dió.

— ¿Qué quieres que haga con él, si no está abierto? — dijo él sin comprenderla, y lo tiró.

Ella volvió la cara.

— Y ahora, ¿dónde vas a ir a trabajar? — le preguntó luego de un momento.

El levantó la cabeza:

— ¡Donde vayas tú mañana!

— Iré a Bongiardo.

— Trabajo encontraré; lo que hace falta es que no me vuelvan las fiebres.

— Para eso es menester no estarse al sereno por las noches, cantando al pie de las puertas — díjole ella muy colorada, apoyándose en el quicio con cierta coquetería.

— Si tú no quieres, no lo haré más.

Ella le dió un capirotazo y escapó adentro.

— ¡Ohé, Janu! — llamó desde la calzada el tío Juan.

— ¡Voy! — gritó Janu; y a la Nedda —: Si me llevas contigo, también iré yo a Bongiardo.

— Hijo mío — le dijo el tío Juan cuando estuvo en la calzada — la Nedda no tiene ya a nadie, y tú eres un buen muchacho; pero no está bien que vayáis juntos. ¿Entiendes?

— Entiendo, tío Juan; pero, si Dios quiere, después de la siega, cuando haya apartado los pocos cuartos que hacen falta, no estará mal que vayamos juntos.

Nedda, que había oído detrás de la tapia, se puso colorada, aunque nadie la veía.

Al día siguiente, antes de amanecer, cuando se asomó a la puerta para salir, se encontró a Janu con su hatillo colgado del bastón.

— ¿Adónde vas? — le preguntó.

— También voy a Bongiardo a buscar trabajo.

Los pajarillos, despiertos a las voces matutinas, comenzaron a piar dentro del nido. Janu colgó de su bastón asimismo el hatillo de Nedda, y echaron a andar con paso ligero, mientras el cielo se teñía en el horizonte con las primeras llamas del día y el vientecillo se agudizaba.

En Bongiardo había trabajo para todo el que lo quisiera. El precio del vino había subido, y un rico propietario roturaba un gran trecho de cercados para plantar viñedos. Los cercados daban 1.200 liras al año de altramuces y aceite; plantados de viñedo, darían en cinco años doce o trece mil liras, con sólo emplear diez o doce mil; la corta de los olivos cubriría la mitad de los gastos. Era, como se ve, una especulación excelente, y el propietario pagaba de buen grado un gran jornal a los trabajadores empleados en la roturación: treinta cuartos a los hombres y veinte a las mujeres, sin sopa; cierto que el trabajo era un tanto cansado y que se dejaban en él incluso los harapos que constituían todo el traje de los días de trabajo; pero Nedda no estaba acostumbraba a ganar veinte cuartos diarios.

El mayoral se percató de que Janu, al llenar las esportillas de piedra, dejaba siempre las más ligera para Nedda, y le amenazó con echarle. El pobre diablo, para no perder el pan, tuvo que contentarse con descender de treinta a veinte cuartos.

Lo malo era que aquellas tierras casi incultas no tenía gañanía, y hombres y mujeres tenían que dormir todos revueltos en una cabaña sin puertas, de suerte que las noches eran más bien frías. Janu decía siempre que tenía calor, y dábale a Nedda su chaqueta de fustán, para que se tapase bien. El domingo, toda la brigada se puso en camino en distintas direcciones.

Janu y Nedda habían tomado por el atajo e iban atravesando el castañar, charlando, riendo, cantando a ratos y haciendo sonar los cuartos en los bolsillos. Calentaba el sol como en junio; los lejanos prados empezaban a amarillear; las sombras de los árboles tenían algo de festivo, y la hierba que allí crecía estaba aún verde y fresca.

Hacia mediodía sentáronse en la hierba, para comer su pan moreno y sus blancas cebollas. Janu tenía también vino, buen vino de Mascalí, que ofrecía a Nedda con largueza, y la pobre muchacha, que no estaba hecha a ello, sentía la lengua áspera y que le pesaba la cabeza. De trecho en trecho se miraban y se reían sin saber por qué.

— Si fuésemos marido y mujer, podríamos comer y beber juntos todos los días — dijo Janu con la boca llena.

Nedda bajó los ojos, porque él la miraba de cierta manera.

Reinaba el profundo silencio del mediodía; las más pequeñas hojas estaban inmóviles; las sombras eran escasas; difundido en el aire, había una calma, un sopor, un zumbido de insectos que pesaba voluptuosamente sobre los párpados. De pronto, una ráfaga de aire fresco que venía del mar hizo susurrar las más altas copas de los castaños.

— El año será bueno para pobres y ricos — dijo Janu —, y si Dios quiere, para la siega apartaré... ¡y si tú me quieres!... — y le ofreció la botella.

— No, no quiero beber más — dijo ella, rojas las mejillas.

— ¿Por qué te pones colorada? — dijo él riéndose.

— No te lo quiero decir.

— ¿Porque has bebido?

— ¡No!

— ¿Porque me quieres?

Ella le dió un puñetazo en el hombro y se echó a reír también.

Oyóse de lejos el rebuzno de un asno que olía la hierba fresca.

— ¿Sabes por qué rebuznan los burros? — preguntó Janu.

— Dilo tú que lo sabes.

— Sí que lo sé; rebuznan porque están enamorados — díjole él con risa grosera; y la miró fijamente.

La muchacha bajó los ojos, como si viese llamas en ellos, y le pareció como si todo el vino que había bebido se le subiese a la cabeza, y todo el ardor de aquel cielo de metal le penetrase en las venas.

— ¡Vámonos! — exclamó entristecida, moviendo la cabeza, que le pesaba.

— ¿Qué tienes?

— No lo sé, pero vámonos.

— ¿Me quieres?

Nedda bajó la cabeza.

— ¿Quieres ser mi mujer?

Ella le miró serenamente y estrechó entre las suyas, morenas, las callosas manos de él; pero se puso de rodillas, que le temblaban para levantarse. El la detuvo por el vestido, como extraviado, balbuciendo palabras sin sentido, sin saber lo que se hacía.

Cuando se oyó cantar al gallo en una haciendo próxima, Nedda se levantó sobresaltada y miró en derredor suyo, espantada.

— ¡Vámonos! ¡Vámonos! — dijo toda colorada y con prisa.

Según estaba para volver la esquina de su casita, se detuvo un momento temblorosa, como si temiera encontrar a su viejecica a la puerta, desierta seis meses hacía.

Llegó la Pascua, la gaya fiesta de los campos con sus gigantescas hogueras, sus alegres procesiones por entre los verdes prados, bajo los árboles cargados de flores, vestida de gala la iglesia, enguirnaldadas las puertas de las casas y las mozas con sus trajes nuevos de verano. A Nedda viósele alejarse del confesionario llorando, y no compareció entre las muchachas arrodilladas ante el coro en espera de comunión. Desde aquel día ninguna moza honrada le dirigió la palabra, y cuando iba a misa no encontraba sitio en el banco de siempre, y le era menester estarse todo el tiempo de rodillas; si la veían llorar, pensaban quién sabe en qué pecados, y le volvían horrorizadas la espalda, y los que le daban trabajo aprovechábanse de ello para rebajarle el jornal.

Nedda esperaba a su novio, que había ido a segar a la Plana para reunir los cuartos necesarios para poner la casa y pagar al señor cura.

Una noche, según estaba hilando, oyó que se paraba al cabo del sendero un carro de bueyes, y vió aparecer antes su ojos a Janu, pálido y demudado

.

— ¿Qué tienes? — le dijo.

— He estado malo. Me han vuelto a dar las fiebres allá abajo, en esa maldita Plana; he perdido más de una semana de trabajo y me he comido los pocos cuartos que había reunido.

Ella entróse a toda prisa, descosió el jergón y quiso darle los pequeños ahorros que había atado en el fondo de una media.

— No — dijo él —. Mañana iré a Mascalucia, a la poda de los olivos, y no necesitaré ya nada. Después del la poda nos casaremos.

Hízole esta promesa tristemente, apoyado en el quicio de la puerta, con el pañuelo alrededor de la cabeza y mirándola con ojos relucientes.

— ¡Tú tienes fiebre! — le dijo Nedda.

— Sí, pero ahora que estoy aquí ya, se me quitará; de todos modos, no me da más que cada tres días.

Ella le miraba sin hablar, y el corazón se le encogía al verle tan pálido y enflaquecido.

— ¿Y podrás tenerte en las ramas altas? — le preguntó.

— ¡Dios proveerá! — respondió Janu —. Adiós, no puedo hacer esperar al carretero que me ha hecho un lugar en su carro desde la Plana hasta aquí. ¡Hasta la vista!

Y no se movía. Cuando el cabo se marchó, ella le acompañó hasta la carretera, y le vió alejarse, sin una lágrima, aunque le parecía que le veía irse para siempre; el corazón se le encogió nuevamente, como una esponja no exprimida bastante; nada más; él la llamó despidiéndose desde la revuelta del camino.

Tres días después oyó un gran murmullo por aquel mismo lado. Se asomó a la tapia y vió, en medio de un corro de campesinos y comadres, a Janu tendido sobre una escalera de mano, pálido como un trapo lavado, vendada la cabeza con un pañuelo todo lleno de sangre. Por la vía dolorosa, antes de llegar a su casa, él teniéndola por la mano, le contó cómo, con la debilidad de las fiebres, se había caído desde lo alto de un árbol, hiriéndose de aquel modo.

— ¡Te lo decía el corazón! — murmuró con triste sonrisa.

Ella le escuchaba con sus grandes ojos muy abiertos, pálida como él, y cogida de su mano. Al día siguiente se murió.

Entonces Nedda, sintiendo que se movía en su seno algo que el muerto le dejaba en triste recuerdo, corrió a la iglesia a rogar por él a la Virgen Santa. En el atrio se encontró al cura, que sabía su vergüenza, escondió el rostro en la mantilla y se volvió atrás, acobardada.

Ahora, cuando buscaba trabajo se le reían en la cara, no por escarnecer a la doncella culpable, sino porque la pobre madre no podía trabajar como antes. Luego de las primeras negativas y de las primeras risas, no osó buscar más, y se encerró en su casa, como herido pajarillo que se refugia en su nido. Los pocos cuartos reunidos en la media fuéronse uno tras otro, y después de los cuartos, el vestido nuevo y el pañuelo de seda. El tío Juan las socorría lo poco que podía, con esa caridad indulgente y reparadora, sin la cual la moral del cura es injusta y estéril, y así impidió que se muriera de hambre. La muchacha dió a luz una niña raquítica y débil; cuando le dijeron que no era varón, lloró como había llorado la noche en que se cerró la puerta de su casa, luego de haber salido el féretro, y se encontró sin su madre; pero no quiso que la echasen al torno.

— ¡Pobre hija! ¡Que empiece a sufrir lo más tarde posible! — dijo.

Las comadres la llamaban desvergonzada porque no había sido hipócrita, porque no era desnaturalizada. La pobre niña le faltaba la leche, pues que a su madre le faltaba el pan. Se desnutrió rápidamente, y en vano Nedda intentó exprimir en aquellos diminutos labios hambrientos la sangre de su seno. Una noche de invierno, al anochecer, en tanto la nieve caía sobre el tejado, y el viento golpeaba la puerta mal cerrada, la pobre niña, fría, lívida, contraídas las manecitas, fijó sus ojos vidriados en los ardientes de la madre, dió una sacudida y no se movió más.

Nedda la zarandeó, la apretó contra su seno con ímpetu salvaje, intentó calentarla con su aliento y sus besos y cuando se convenció de que estaba muerta, la dejó sobre la cama en que había dormido su madre, y se arrodilló ante ella, secos y extraviados los ojos, fuera de las órbitas.

— ¡Dichosas vosotras que estáis muertas! — exclamó —. ¡Bendita seas, Virgen Santa, que me has quitado a mi hija para que no sufra como yo!

CAPRICHO

(Fantasticheria.)

Una vez, al pasar el tren por Aci-Trezza dijiste, asomándote a la ventanilla del vagón: "¡Quisiera que estuviésemos un mes aquí!"

Volvimos, y pasamos no un mes sino cuarenta y ocho horas. Los campesinos, que tanto abrían los ojos al ver tus grandes baúles, creían que ibas a quedarte allí dos años. A la mañana del tercer día, cansada de ver eternamente aquel verde y aquel azul, y de contar los carros que pasaban por el camino, estabas en la estación, y jugueteando impaciente con la cedenilla de tu frasco de olor, alargabas el cuello por divisar un tren que no llegaba nunca. En aquellas cuarenta y ocho horas hicimos todo lo que se puede hacer en Aci-Trezza: paseamos por el polvo de la carretera y trepamos a las rocas; con el pretexto de aprender a remar, te hiciste bajo el guante unas ampollitas que robaban los besos; pasamos en el mar una noche lo más romántica, echando las redes como para hacer algo que a los barqueros les pudiera parecer merecedor de pescar una reuma, y el alba nos sorprendió en lo alto del acantilado, un alba modesta y pálida, que aun me parece estar viendo, estriada de amplios reflejos violeta, sobre un mar verde profundo, como una caricia sobre aquel grupito de casuchas que dormían acurrucadas a la orilla, mientras en lo alto del promontorio destacábase tu figulina en el cielo transparente y límpido, con las sabias líneas, obra de tu modista, y el perfil elegante y fino, obra tuya. Llevabas un vestidito gris que parecía hecho aposta para entonar con los colores del alba. ¡Lindo cuadro en verdad! Y bien se adivinaba que tú lo sabías, según la manera de modelar a tu cuerpo el chal y el modo con que sonreías con tus ojazos muy abiertos y cansados ante el extraño espectáculo, al que se añadía lo extraño también de estar tú presente. ¿Qué pasaba entonces por tu cabecita frente al naciente sol? ¿Le preguntaste acaso en qué hemisferio te encontraría de allí a un mes? Dijiste tan sólo ingenuamente: "No comprendo cómo se puede vivir aquí todo la vida."

Y, sin embargo, ya ves: la cosa es más fácil de lo que parece. Basta, primero, con no poseer 100.000 liras de renta y en compensación, pasar toda clase de trabajo entre aquellos peñascos gigantescos encuadrados en el azul que te hacían palmotear de admiración. Con eso poco basta para que aquellos pobres diablos que nos esperaban dormitando en la barca encuentran entre aquellas casuchas desquiciadas y pintorescas, que vistas de lejos parecían a su vez mareadas, todo lo que te afanas en buscar en París, en Niza y en Nápoles.

Es cosa singular; mas tal vez mejor que así suceda para ti y para todos los que son como tú. Aquel montón de casuchas está habitado por pescadores, "gente de mar" dicen ellos, como otros dirían "gente de toga", que tienen el pellejo más duro que el pan que comen — cuando lo comen —; pues el mar no es siempre tan amable como cuando besaba tus guantes... En los días negros, en que rezonga y bufa, es menester contentarse con mirarlo desde la orilla, mano sobre mano o tumbado a la larga, que es mucho mejor postura para el que no ha almorzado. En esos días hay mucha gente a la puerta de la taberna; pero suenan pocos cuartos sobre la hojalata del mostrador, y los chiquillos que pululan por el pueblo, como si la miseria los engordara, chillan y se arañan cual si tuvieran el diablo en el cuerpo.

De cuando en cuando, el tifus, el cólera, el mal año o la borrasca dan un buen barrido en aquel rebullicio, que, a la verdad, parece que no debiera desear cosa mejor que ser barrido y desaparecer; y con todo, vuelve a rebullir en el mismo sitio, no sé decirte cómo ni por qué.

¿No te has entretenido nunca, después de una lluvia de otoño, en desbaratar un ejército de hormigas, trazando al descuido el nombre de tu última pareja en un baile, en la arena del paseo? Alguna de aquellas pobres bestiezuelas se habrá quedado pegada a la contera de tu paraguas, retorciéndose en espasmos; pero todas las demás, luego de cinco minutos de pánico y de vaivén, habrán vuelto a aferrarse desesperadamente a su tostado montecillo. Tú no volverías, ni yo tampoco; mas para poder comprender semejante terquedad, heroica en algunos aspectos, es menester hacernos pequeños también nosotros, limitar todo el horizonte entre dos peñascos y mirar al microscopio las pequeñas causas por que laten los corazones pequeños. ¿Quieres mirar por esta lente, tú que miras la vida por el otro lado del anteojo? El espectáculo te parecerá extraño, y tal vez por eso te divierta.

Hemos sido muy amigos, ¿te acuerdas? Y me has pedido que te dedique esta página. ¿Para qué? *A quoi bon?*, como tú dices. ¡Qué puede valer lo que yo escribo para quien te conoce? Y para quien no te conoce, ¿qué significas? El caso es que me he acordado de tu capricho un día que he vuelto a ver a aquella pobre mujer a quien solías dar limosna con pretexto de comprarle las naranjas que tenía puestas en fila en un banquillo ante su puerta. Ya no existe el banquillo; han cortado el níspero del corral, y la casa tiene una ventana nueva. Unicamente la mujer no había cambiado, estaba un poco más allá tendiendo la mano a los carreteros, acurrucada sobre el montón de piedras que cierren el paso al antiguo "Puesto" de la guardia nacional; y yo, según iba con mi cigarro en la boca, pensé que también ella, en su pobreza, te había visto pasar blanca y magnífica.

No te enfades por haberme acordado de ti de tal suerte y con tal motivo. A más de los gratos recuerdos que me dejaste, tengo otros cien, vagos, confusos, dispares, recogidos aquí y allá, no sé dónde — acaso algunos son recuerdos de sueños tenidos con los ojos abiertos —, y en el revoltiño que hacían en mi memoria, al pasar yo por aquella calleja donde han transcurrido tantas cosas placenteras y dolorosas, la mantilla de aquella mujeruca temblorosa, acurrucada, ponía una nota triste y me hacía pensar en ti, en todo satisfecha, incluso de la adulación que ofrece a tus pies el periódico de modas, citándote, frecuentemente a la cabeza de la crónica elegante, y en el deseo de ver tu nombre en las páginas de un libro.

Cuando escriba el libro, acaso tú ya no pienses en ello; entre tanto, mi recuerdo, en todos sentidos tan lejos de ti, embriagado de fiestas y flores, te hará el efecto de una brisa deliciosa en medio de las ardientes veladas de tu eterno carnaval. El día que vuelvas allí, si es que vuelves, y nos sentemos otra vez el uno junto al otro a rodar pedruscos con el pie y fantasías con el pensamiento, hablaremos tal vez de las embriagueces que la vida ofrece en otras partes. Puedes también imaginar que mi pensamiento se ha acogido a aquel ignorado rincón del mundo porque en él se ha posado tu pie — por apartar mis ojos del brillo que por doquier te sigue, sea de gemas o de fiebre —, o porque te he buscado inútilmente por todos los lugares que la moda hace placenteros. Ve, pues, que aquí, como en el teatro, ¡siempre estás en el mejor sitio!

¿Te acuerdas del viejecillo timonel de nuestra barca? Le debes ese tributo de agradecimiento porque ha evitado diez veces lo menos que se te mojaran tus lindas medias azules. El pobre diablo ha muerto en el hospital, en un gran sala blanca, entre blancas sábanas, comiendo pan blanco, servido por las blancas manos de las hermanas de la Caridad, que no tenían más defecto que el de no comprender los míseros males que el pobrecillo balbucía en su semibárbaro dialecto.

Pero, de haber deseado algo, él habría querido morir en aquel rincón obscuro, junto al fuego, donde tantos años había sido su cama, "bajo las tejas", tanto que, cuando se lo llevaron, lloraba quejándose mansamente, como hacen los viejos.

Había vivido siempre entre aquellas cuatro piedras, frente a aquel mar hermoso y traidor, con el que tuvo que luchar día tras día, para sacar con que pasar la vida y no dejar en él el pellejo; y, con todo, en los momentos en que tomaba el sol tranquilamente, acurrucado en la barca, con las rodillas entre los brazos, no habría vuelto la cara para mirarte, y habrías buscado en vano en aquellos ojos atónitos el reflejo de tu belleza, como cuando tantas frentes altivas se inclinan a tu paso en los espléndidos salones y te miras en los ojos envidiosos de tus mejores amigas.

La vida es rica, como ves, en su inexhausta variedad, y puedes, por lo tanto, sin escrúpulos, gozar a tu manera de la parte de riqueza que te ha correspondido.

Aquella muchacha, por ejemplo, que asomaba la cabeza tras el tiesto de albahaca, cuando el rumor de tu vestido revolucionaba la calleja, si veía en la ventana de enfrente otro rostro para ella conocidísimo, sonreía, como si también ella estuviera vestida de seda. ¡Quién sabe cuán pobres glorias soñaba apoyada en la barandilla, tras la albahaca olorosa, fija la vista en aquella otra casa enguirnaldada con sarmientos de vid! La risa de sus ojos no habría acabado en lágrimas amargas, allá en la ciudad, lejos de las piedras que la habían visto nacer, y que la conocían, si su abuelo no se hubiese muerto en el hospital, si su padre no se hubiese ahogado, ni toda su familia se hubiera dispersado a un golpe de viento funesto, arrastrando a uno de sus hermanos hasta la cárcel de Pantelleria.

Mejor suerte les cupo a los que se murieron en la batalla de Lissa el uno, el mayor, aquel que parecía un David de cobre, erguido, guadaña en mano, e iluminado bruscamente por la llama de la yedra. Alto y robusto, encendíase en brasas cuando le miraste a la cara con tus ojos ardientes; murió como buen marinero, sobre la verga del trinquete, firme en la cuerda, agitando la gorra y saludando por última vez a la bandera, con su viril y salvaje grito de isleño; el otro, aquel hombre que en el islote no se atrevía a tocarte el pie para librarlo del lazo tendido a los conejos, y en el que te habías prendido de aturdida que eres, se perdió una fosca noche de invierno, solo, entre las olas desencadenadas separada su barca de la playa, donde le esperaban los suyos corriendo como locos de un lado a otro, en sesenta millas de tinieblas y tempestad. Tú no habrías podido imaginarte el desesperado y tétrico valor de que era capaz para luchar contra muerte tal el hombre que se atemorizaba ante la obra maestra de tu zapatero.

Mejor para los que se han muerto y no "comen el pan del rey", como el pobrecillo que está en la cárcel, ni ese otro pan que come su hermana; ni andar como la mujer de las naranjas, viviendo de la gracia de Dios, una gracia harto exigua en Aci-Trezza.

¡Esos, al menos, no han ya menester nada! Así lo dijo también el chico de la tabernera la última vez que fué al hospital a preguntar por el viejo y llevarle a hurtadillas esos caracoles estofados, que son tan buenos de chupar para quien ya no tiene dientes, y halló la cama vacía, con la colcha extendida y muy limpia, hasta que husmeando por el patio dió con una puerta toda llena de pedazos de papel, y atisbó por el ojo de la cerradura una sala muy grande y sonora, y fría en verano, y el extremo de una mesa de mármol, sobre la cual había una sábana densa y rígida.

Y pensando que aquéllos al menos ya no habían menester nada, se puso a chupar uno por uno, por pasar el tiempo, los caracoles que ya no servían.

Apretando contra tu pecho el manguito de zorro azul, te acordarás con gusto de haberle dado cien liras al pobre viejo.

Quedan los chiquillos que te escoltaban como chacales y asediaban las naranjas; siguen revoloteando en torno a la mendiga, levantándole las sayas, como si tuviese pan escondido, atrapando tronchos de coliflor, cáscaras de naranja y puntas de cigarro, todo lo que se tira, en fin, pero que aun debe tener algún valor, puesto que hay gente que de ello vive; vive tan bien, que aquellos desharrapadillos, gordos y hambrientos, crecerán entre el barro y el polvo de los caminos, y, fuertes y robustos como su padre y su abuelo, poblarán Aci-Trezza de otros tantos pilluelos; pasarán la vida alegremente, echando las muelas todo el tiempo que pueden, como el abuelo, sin desear más, rogando a Dios tan sólo que les permita cerrar los ojos donde los abrieron, en manos del médico del pueblo, que llega todos los días en su borriquillo, como Jesús, para ayudar a la buena gente que se va.

— ¡El ideal de la ostra! — dirás tú —. ¡El ideal de la ostra precisamente, y no tenemos más motivo para encontrarlo ridículo que el no haber nacido ostras a nuestra vez.

Por lo demás, el tenaz aferramiento de esa pobre gente al peñasco en que la fortuna los ha dejado caer, mientras sembraba príncipes aquí y duquesas allá, esa valiente resignación a una vida trabajosa, esa religión de la familia, que se refleja en el oficio, en la casa, en las piedras que las circundan, me parecen — al menos en este cuarto de hora — cosas muy serias y respetables.

Me parece que las inquietudes del pensamiento vagabundo se adormecerían dulcemente en la serena paz de aquellos sentimientos suaves y simples, que se sucedan inalterados, en calma, de generación en generación. Me parece que podría verte pasar al trote de tus caballos, con el alegre tintineo de sus cascabeles, y saludarte tan tranquilo.

Acaso porque he intentado ser demasiado en el torbellino que te rodea y te sigue, me ha parecido ahora leer una necesidad fatal en las tenaces afecciones de los débiles, en el instinto que tienen los pequeños de estrecharse unos con otros para resistir a las tempestades de la vida, y he intentado descifrar el drama modesto e ignorado que ha destrozado a los plebeyos actores que juntos conocimos. Un drama que tal vez algún día te contaré, y cuyo nudo me parece que ha de consistir en esto: que cuando uno de aquellos seres, más débil, más incauto, o más egoísta que los otros, quiso separarse de los suyos por deseo de lo ignorado, o por curiosidad de conocer el mundo, pez voraz se lo tragó, y con él a los suyos. Verás que bajo ese aspecto no le falta interés al drama.

Para las ostras, el argumento más interesante debe ser el que trata de las insidias del cámbaro, o del cuchillo del buzo que las arranca de la roca.

JELI EL PASTOR

Jeli, el guardián de caballos, tenía trece años cuando conoció a don Alfonso, el señorito; pero era tan pequeño, que no alcanzaba a la panza de la "Blanca", la vieja yegua que llevaba la esquila de la piara. Veíasele siempre de aquí para allá, por montes y llanos, donde pastaba su ganado, derecho e inmóvil sobre algún teso o sentado en una piedra. Su amigo don Alfonso, cuando estaba de veraneo, iba a buscarle todos los días de Dios a Tebidi, y partían los buenos bocados del amito, el pan de maíz del pastorcito y la fruta robada al vecino. Al principio, Jeli trataba de "excelencia" al señorito, como es uso en Sicilia; pero luego que se hubieron zurrado de lo lindo, su amistad se estableció sólidamente. Jeli enseñaba a su amigo a trepar hasta los nidos de pegas, en las copas de los nogales, más altas que el campanario de Licodia; a cazar un pájaro al vuelo de una pedrada o a montarse de un salto a pelo en las yeguas sin domar aún, agarrando por la crin a la primera que se ponía a tiro, sin asustarse de los relinchos de cólera de los potros salvajes ni de sus saltos desesperados. ¡Ah, qué escapatorias por los campos segados, con las crines al viento! ¡Los buenos días de abril, cuando el aire encrespaba en ondas la hierba verde, y las yeguas relinchaban en los pastizales! ¡Los claros mediodías estivales, en que el campo blancuzco callaba bajo el cielo fosco, y los saltamontes brincaban entre los surcos, como si los rastrojos se incendiasen! El limpio cielo de invierno, a través de las desnudas ramas de los almendros, que se estremecían al soplo del cierzo, y el sendero que resonaba helado bajo los cascos de los caballos, y las alondras que cantaban en lo alto buscando el calor y el azul. Las hermosas noches de verano, en que subían poco a poco, como la niebla, el buen olor del heno, en que se hundían los codos; el melancólico zumbido de los insectos nocturnos, y aquellas dos notas de la flauta de caña de Jeli, las mismas siempre — ¡iuh, iuh, iuh! —, que hacían pensar en las cosas lejanas, en la fiesta de San Juan, en la Nochebuena, en el alba de la jira campestre, en todos los acontecimientos ya pasados, que a lo lejos parecen tristes y hacen mirar a lo alto, húmedos los ojos, como si todas las estrellas que van encendiéndose en el cielo lloviesen en el corazón y le inundasen.

Jeli no tenía semejantes melancolías; estábase sentado en un ribazo, hinchados los carrillos, dado a tocar y más tocar — ¡iuh, iuh, iuh! —. Luego reunía la piara a fuerza de gritos y pedradas y la empujaba a la cuadra, más allá del Cerro de La Cruz.

Subía anhelante la cuesta del otro lado del valle, y gritábale a veces a su amigo Alfonso:

"¡Llama al perro; ¡eh!, llama al perro!" O también: "Tírale una piedra al *zaino*, que está antojado y va parándose a cada paso en las matas del valle." O: "Mañana llévame una aguja gruesa, de las de la "señá" Liá."

Sabía hacer toda clase de labores de aguja, y llevaba consigo un lío de trapos para remendarse los calzones y las mangas del jubón; sabía tejer asimismo trencillas de crin de caballo, y él mismo se lavaba también con creta del valle el pañuelo que se ponía al cuello cuando tenía frío. En suma: con tal de tener su zurrón, no tenía necesidad de nadie en el mundo, aunque estuviera en los bosques de Resendone o perdido en lo último de la llanada de Caltagirono. La "señá" Liá solía decir:

— Ahí tenéis a Jeli el pastor; como ha estado siempre sólo por el campo, cual si le hubieran parido sus yeguas, sabe manejárselas.

Por lo demás, es muy verdad que Jeli no tenía necesidad de nadie; pero todos los de la hacienda habrían hecho de buen grado cualquier cosa por él, porque era un chico servicial y siempre había que ir a pedirle algo. La "señá" Lía le cocía el pan por amor del prójimo, y él se lo pagaba con preciosos castillos de mimbre para los huevos, mesas de caña y otras cosillas.

— Hagamos lo que sus animales — decía la "señá" Lía —, que se rascen el pescuezo por turno.

En Tebidi todos le conocían desde pequeño, cuando aun no se le veía entre las colas de los caballos, según pastaban en el llano del literero, y a sus ojos puede decirse que había crecido, aunque nadie le viese nunca, andando, como andaba, de una parte a otra con su ganado. "Había caído del cielo, y la tierra lo había recogido", que dice el proverbio, como los que no tienen casa ni padres. Su madre estaba sirviendo en Vizzini, y no le veía más que una vez al año, cuando iba él con los potros a la feria de San Juan, y el día que se murió fueron a llamarlo, tal que un sábado, por la noche, y el lunes ya había vuelto Jeli a la piara; de suerte que no perdió ni un día; pero volvió tan desolado el pobre chico, que los potros se le escapaban a veces por los sembrados.

— ¡Eh, Jeli! — gritábale entonces el señor Agripino desde la era —. ¿Es que quieres probar el vergajo de las fiestas, hijo de perra?

Jeli se echaba a correr tras los potros desmandados y los llevaba poco a poco hacia el monte. Pero ante los ojos tenía siempre a su madre, con la cabeza envuelta en aquel pañuelo blanco, sin hablar ya.

Su padre estaba de vaquero en Ragoleti, pasado Licodia, "donde se respiraba la malaria", según decían los campesinos de los alrededores; pero en los terrenos pantanosos, los pastos son buenos y las vacas no cogen las fiebres. Jeli, pues, estábase en el campo todo el año, bien en Donferrante, ya en los cercados de La Encomienda o en el valle del Tacitano, y los cazadores o los caminantes que tomaban los atajos veíanlo siempre de aquí para allá, como perro sin amo. No lo pasaba mal, porque estaba acostumbrado a ir con los caballos, que andaban paso al paso delante de él buscando el trébol, y con los pájaros, que revoloteaban en bandadas a su alrededor, en tanto el sol hacía su lento viaje, hasta que se alargaban las sombras, deshaciéndose luego; tenía tiempo para ver amontonarse las nubes poco a poco, figurando montes y valles; sabía cómo sopla el viento cuando hay temporal y de qué color son las nubes cuando está para nevar. Cada uno tenía su aspecto y significación, y había siempre cosas que ver y que oír a todo hora del día. Así, cuando al anochecer, el pastor se ponía a tocar en su flauta de saúco, la yegua negra se acercaba, masticando trébol, y se quedaba mirándole fijamente, con grandes ojos pensativos.

Donde únicamente le daba melancolía era en las desiertas landas de Passanitello, donde no hay un arbusto ni una mata, y en los meses de calor no vuela un pájaro. Los caballos reuníanse en coro, con la cabeza baja, para hacerse sombra los unos a los otros, y en los largos días de la trilla llovía aquella gran luz silenciosa, siempre igual y agobiante, durante diez y seis horas.

Pero donde el pasto era abundante y los caballos estaban a gusto, el muchacho se ocupaba en cualquier otra cosa; hacía jaulas de caña para grillos, pipas incrustadas y cestillos de junco con cuatro asas; sabía levantar un cobijo cuando la tramontana empujaba hacia el valle las largas hileras de cuervos, o cuando las cigarras batían las alas al sol que abrasaba los rastrojos; asaba las bellotas del encinar en las brasas de los sarmientos de zumaque, que parecíale comer tostadillas, o cocía las grandes rebanadas de pan cuando empezaba a tener la barba del moho, pues que cuando estaba en Passanitello durante el invierno los caminos se ponían tan malos que, a las veces, transcurrían quince días sin que por ellos pasara alma viviente.

Don Alfonso, que estaba pegado a las faldas de su madre, envidiaba a su amigo Jeli el zurrón en que llevaba todo su menaje, el pan, las cebollas, la botellita de vino, el pañuelo para el frío, el lío de trapos con el hilo y las agujas gruesas, la cajita de hojalata con la yesca y el pedernal; le envidiaba también la soberbia yegua "Pía", el animal aquel de los rizos enhiestos en la frente, que tenía tan malos ojos e hinchaba las narices como un mastín receloso cuando alguien quería montarla. De Jeli, por el contrario, se dejaba montar y rascar las orejas, que le gustaba mucho, y se estaba quieta a escuchar lo que le decía.

— Deja a la "Pía" — le recomendaba Jeli —. No es mala; pero no te conoce.

Luego que Scordu, el recovero, se llevó la yegua calabresa que había comprado por San Juan, para que se la tuviesen con el ganado hasta la vendimia, el potro zaino, una vez huérfano, no se daba paz y correteaba monte arriba con largos y lamentosos relinchos, al viento las crines. Jeli corría tras él, llamándolo con fuertes gritos, y el potro se detenía a escuchar, tenso el pescuezo y erguidas las orejas, acariciándose los flancos con la cola. "Como le han quitado la madre, no sabe lo que le pasa — observaba el pastor —. Hay que estarle a la mira, porque sería capaz de tirarse precipicio abajo. También yo cuando se me murió mi madre andaba a ciegas."

Cuando el potro comenzó de nuevo a oliscar el trébol y a darle unas cuantas dentelladas de mala gana, repetía: "Mira, poco a poco empieza a olvidársele. Pero también a él le venderán. Los caballos nacen para que se los venda, como los corderos para el matadero y las nubes para traer la lluvia. Sólo los pájaros no tienen más que hacer que cantar y volar todo el día."

No se le ocurrían las ideas rápidamente y una tras otra, porque rara vez había tenido con quien hablar, y por eso no tenía prisa de sacárselas de la cabeza, donde estaba acostumbrado a que surgieran poco a poco, como las yemas de los árboles bajo el sol. "También los pájaros — añadió — tienen que buscarse el cebo, y cuando la nieve cubre la tierra se mueren."

Luego reflexionó un momento. "Tú eres como los pájaros; pero cuando llega el invierno te puedes estar al fuego sin hacer nada."

Don Alfonso contestaba que también él tenía que ir a aprender al colegio. Jeli entonces abría mucho los ojos y se hacía todo oídos si el señorito se ponía a leer, mirando al libro y a él con ojos desconfiados, y permaneciendo atento, con ese ligero temblor de párpados que indica la intensidad de atención en los animales que más se acercan al hombre. Le gustaban los versos, que le acariciaban el oído con la armonía de una canción incomprensible, y a veces fruncía las cejas, sacaba la barbilla y parecía como si en su interior se estuviera forjando un grave pensamiento; entonces decía que sí con la cabeza, sonriendo burlonamente, y se rascaba la cabeza. Cuando luego el señorito poníase a escribir, para hacer ver todas las cosas que sabía, Jeli se habría estado mirándolo horas enteras, y de pronto dejaba escapar una mirada de desconfianza. No podía comprender que se pudiesen repetir en el papel las palabras que él había dicho o que había dicho don Alfonso, y aun cosas que no había pronunciado su boca; tanto, que acababa por echarse atrás, incrédulo, con maliciosa sonrisa.

Toda idea nueva que llamaba a su cabeza queriendo entrar dábale que sospechar, y parecía como si la oliscase con la misma salvaje desconfianza que su yegua "Pía". Pero no se maravillaba de nada; si le hubieran dicho que en la ciudad los caballos van en coche, se habría quedado impasible, con esa máscara de indiferencia oriental que constituye la dignidad del campesino siciliano. Parecía atrincherarse instintivamente en su ignorancia, como si fuese la fuerza de su pobreza. Siempre que le faltaban argumentos repetía: "Yo no sé nada. Yo soy pobre", con una sonrisa obstinada que quería ser maliciosa.

Había pedido a su amigo Alfonso que le escribiera el nombre de Mara en un pedazo de papel que había encontrado quién sabe dónde, porque recogía cuanto veía por el suelo y lo había puesto en el lío de los trapos. Un día, luego de estar un rato callado, mirando muy pensativo de una parte a otra, dijo serio, serio:

— Yo tengo mi novia.

Alfonso, aunque sabía leer, abrió los ojos desmesuradamente.

— Sí — repitió Jeli —; Mara, la hija del señor Agripino, que estaba aquí, y que ahora está en Marineo, en ese caserío tan grande del llano que se ve desde el teso del Literero, allá arriba.

— Conque... ¿te casas?

— Sí; cuando sea mayor y tenga seis onzas de salario al año. Mara no sabe nada todavía.

— ¿Por qué no se lo has dicho?

Jeli movió la cabeza y se dió a reflexionar. Luego desató el lío y desdobló el papel que había hecho que le escribiera.

— Es verdad que aquí dice Mara; lo ha leído don Jesualdo, el guarda, y fray Colás, cuando bajó en busca de las habas. Uno que sepa escribir — observó luego — es como uno que conservase bien las palabras en la caja del eslabón y pudiese llevarlas en el bolsillo y mandarlas aquí y allá.

— ¿Qué vas a hacer ahora con ese pedazo de papel, tú que no sabes leer? — le preguntó Alfonso.

Jeli se encogió de hombros; pero continuó doblando cuidadosamente su papel escrito en el envoltorio de los trapos.

Había conocido a la Mara cuando niña, que bien se pegaron al encontrarse en el valle, cogiendo moras en las zarzas. La chiquilla, que sabía que "aquello era cosa suya", agarró a Jeli por el pescuezo, como un ladrón. Se dieron sus buenas puñadas, por turno riguroso, como hace el tonelero con los aros de los toneles, y cuando se cansaron, calmáronse poco a poco, según se tenían agarrados.

— ¿Tú quién eres? — le preguntó Mara.

Y al ver que Jeli, más salvaje, no decía quién era:

— Yo soy Mara, la hija del señor Agripino, que es el campero de todos estos campos.

Jeli entonces soltó la presa sin decir nada, y la chica se puso a recoger las moras que se le habían caído por el suelo, mirando de reojo de cuando en cuando a su adversario con curiosidad.

— Del otro lado del puentecillo, en el seto del huerto, hay muchas moras muy gordas — añadió la pequeña — y se las comen las gallinas.

Jeli, en tanto, se alejaba paso a paso, y Mara, luego que le siguió con los ojos hasta que se perdió en el encinar, volvió las espaldas a su vez y fuese corriendo a casa.

Pero desde aquel día empezaron a domesticarse. Mara iba a hilar estopa al parapeto del puentecillo, y Jeli empujaba el ganado poco a poco hacía las faldas del Cerro del Bandido. Al principio quedábase apartado de ella, revoloteándole alrededor, mirándola de lejos con aire desconfiado, y poco a poco iba acercándosele con paso cauteloso de perro acostumbrado a las pedradas. Cuando al cabo se encontraban juntos, permanecían horas enteras sin abrir la boca; Jeli, observando atentamente el intrincado trabajo de media que habíale mandado hacer su madre a Mara, o viéndole ella a él incrustar caprichosos zigzag en las varas de almendro. Luego íbanse cada cual por su lado sin decirse palabra, y la niña, cuando llegaba a la vista de su casa, se echaba a correr, levantándosele las sayas sobre las coloradas piernezuelas.

Por el tiempo de los higos chumbos, fuéronse a la espesura del matorral, a comer higos todo el santo día. Vagabundeaban juntos bajo los nogales seculares, y Jeli vareaba las nueces, que llovían como granizo; la niña se daba a recoger con gritos de júbilo cuantas podía, y luego escapaba a toda prisa, cogiéndose las dos puntas del delantal y tambaleándose como una viejecilla.

En todo el invierno Mara no se atrevió a asomar la nariz con aquel frío tan grande. A veces, al anochecer, veíase el humo de las fogatas de zumaque, que Jeli hacía en el Llano del Literero o en el Cerro de la Abundancia, para no quedarse aterido, igual que los abejarucos que encontraba por las mañanas detrás de una piedra, o al reparo de su surco. También a los caballos les gustaba menear un poco la cola en torno al fuego, y se le apretaban unos con otros para calentarse.

Con el marzo volvieron las alondras al llano, los pájaros al tejado, las hojas y los nidos a los setos, y Mara volvió a andar en compañía de Jeli sobre la blanda hierba, entre las matas en flor, bajo los árboles todavía desnudos que empezaban a pintarse de verde. Jeli se metía entre los espinos como un sabueso para coger los nidos de mirlos, que le miraban espantados con sus ojillos de pimienta; los dos niños llevaban muchas veces entre la camisa conejitos desencamados, casi pelados aún, mas ya con largas e inquietas orejas, correteaban por los campos tras la piara de los caballos, entraban en los rastrojos tras los segadores, paso a paso, con el ganado, deteniéndose cada vez que una yegua se paraba a arrancar un matojo. Por la noche, al llegar al puentecillo, se marchaban cada cual por su lado sin decirse adiós.

Así pasaron todo el verano. Entre tanto, el sol empezaba a ponerse tras el cerro de la Cruz, y los pardillos iban siguiéndole hacia la montaña según obscurecía, por entre las chumberas. Ya no se oían grillos ni cigarras y a aquella hora difundíase por el aire como una gran melancolía.

Por entonces llegó a la cabaña de Jeli su padre, el vaquero, que había cogido la malaria en Ragoleti, y ni aun tenerse sobre el burro que le llevaba podía. Jeli encendió el fuego a toda prisa y corrió "a las casas" a buscar algún huevo de gallina.

— Extiende un poco de paja junto al fuego — le dijo su padre —, que siento que me vuelve la fiebre.

El calofrío de la calentura era tan grande, que el compadre Menu, sepultado bajo su gran tabardo, la albarda del asno y el zurrón de Jeli, temblaba como las hojas en noviembre ante la hoguera de sarmientos, que le hacía una cara blanca como la de un muerto. Los hombres de la hacienda iban a preguntarle:

— ¿Cómo va, compadre Menu?

El pobrecillo no respondía más que con un quejido como el de un perrillo nuevo.

— Es malaria de la que mata como un escopetazo — decían los amigos calentándose las manos al fuego.

Llamaron asimismo al médico; pero eran dinero despilfarrados, porque la enfermedad era tan clara que un niño sabría curarla; ya si la fiebre no era de las que matan de todos modos, con el sulfato se curaba en seguida. El compadre Menu se gastó un ojo de la cara en sulfato, pero era lo mismo que echarlo al pozo.

— Toma un buen cocimiento de "eucalitus", que no cuesta nada — sugería el señor Agripino —; y si tampoco sirve como el sulfato, por lo menos no te arruinas gastando.

Tomaba el cocimiento de eucalipto, y la fiebre le volvía con más fuerza. Jeli asistía a su padre lo mejor que sabía. Todos las mañanas, antes de salir con los potros, le dejaba el cocimiento preparado en la gamella, el haz de sarmientos a mano, los huevos en la ceniza caliente, y volvía temprano a la noche, con la leña, la botella de vino y algún pedazo de carne de carnero que había ido a comprar a Licodia. El pobre muchacho hacíalo todo con garbo, como una buena ama de casa, y su padre, según le seguía con cansados ojos en sus quehaceres por la cabaña, sonreía de cuando en cuando, pensando que el chico sabría salir adelante cuando se quedara solo.

Los días en que remitía la fiebre algunas horas, el compadre Menu se levantaba todo descompuesto, con el pañuelo atado a la cabeza, y se ponía a la puerta a esperar a Jeli mientras calentaba el sol. Cuando Jeli dejaba caer junto a la puerta el haz de leña y ponía sobre la mesa la botella y los huevos, le decía:

— Pon a hervir el "eucalitus" para esta noche.

O también:

— Ten en cuenta para cuando yo te falte que el oro de tu madre lo tiene a recaudo la tía Agueda.

Y Jeli decía que sí con la cabeza.

— Es inútil — repetía el señor Agripino cada vez que volvía a ver al compadre Menu con la fiebre —. Tiene ya la sangre apestada.

El compadre Menu escuchaba sin parpadear, con la cara más blanca que el pañuelo que llevaba a la cabeza.

Ya no se levantaba. Jeli se echaba a llorar cuando no tenía fuerzas para ayudarle a volverse de un lado; poco a poco, el compadre Menu acabó por no hablar tampoco. Las últimas palabras que le dijo a su chico fueron éstas:

— Cuando me muera, ve al amo de las vacas, a Ragoleti, y que te dé las tus onzas y los doce túmulos de trigo que me debe de mayo acá.

— No — respondió Jeli — son dos onzas y quince tan sólo, porque ha dejado usted las vacas hace más de un mes y hay que hacer la cuenta justa con el amo.

— ¡Es verdad! — afirmó el compadre Menu, entornando los ojos.

— Ahora sí que estoy en el mundo lo mismo que un potro perdido, que se lo pueden comer los lobos — pensó Jeli cuando se llevaron a su padre al cementerio de Licodia.

María fué también a casa del muerto, con esa inquieta curiosidad que despiertan las cosas espantosas.

— ¡Mira cómo me he quedado! — le dijo Jeli.

La niña se echó atrás asustada, por miedo a que quisiera hacerle entrar en la casa donde había estado el muerto.

Jeli fué a recoger el dinero de su padre y se marchó con el ganado a Passanitello, donde ya estaba alta la hierba en el terreno en barbecho y el pasto era abundante; así que los potros estuvieron allí pastando mucho tiempo, Jeli, en tanto, se había hecho muy mayor, y también Mara debía haber crecido, pensaba él muchas veces según tocaba la flauta;

luego, cuando volvió a Tebidi, después de tanto tiempo, llevando delante de él, poco a poco, las yeguas por los resbaladizos senderos de la Fuente del tío Cosme, iba buscando con los ojos el puentecillo del valle, la casa del valle del Tacitano, y el tejado de *las casas grandes*, sobre el que revoloteaban siempre las palomas. Pero por entonces el amo ya había despedido al señor Agripino, y toda la familia de Mara estaba desalojando. Jeli se encontró a la muchacha muy crecida y guapetona, a la puerta del corral, viendo cómo cargaban su ropa en la carreta. Ahora la habitación vacía parecía más obscura y ahumada que de costumbre. La mesa, la cama, la cómoda, las estampas de la Virgen y San Juan, incluso los clavos para colgar las calabazas de las semillas, habían dejado señal en las paredes donde estuvieron tantos años.

— Nos vamos — le dijo Mara al ver que miraba —. Nos vamos a Marineo, donde está ese caserío tan grande, en el llano.

Jeli se dió a ayudar al señor Agripino y a la "señá" Lía a cargar la carreta, y cuando ya no hubo nada que sacar de la habitación, fué a sentarse con Mara en el parapeto del abrevadero.

— Tampoco las casas — le dijo luego que la vió cargar la última cesta en la carreta —, tampoco las casas, cuando se saca lo que tienen dentro, parecen las mismas.

— En Marineo — respondió Mara — tendremos un cuarto más bonito, dice mi madre, y tan grande como el almacén del queso.

— Cuando te marchas no quiero volver más por aquí: que me parecerá que ha vuelto el invierno al ver esa puerta cerrada.

— En Marineo encontraremos otra gente, a Pudda, "la Roja", y a la hija del campero; nos divertiremos; por la siega irán más de ochenta segadores con su cornamusa, bailaremos en la era.

El señor Agripino y su mujer habían echado a andar con la carreta; Mara corría tras ellos muy contenta, llevando la cesta con los pichones. Jeli quiso acompañarla hasta el puentecillo, y cuando ya estaba para desaparecer en el valle, la llamó:

— ¡Mara, Mara!

— ¿Qué quieres? — dijo Mara.

No sabía lo que quería.

— Y tú, ¿qué vas a hacer ahora aquí sólo? — le preguntó entonces la muchacha.

— Yo me quedo con los potros.

Mara se fué dando brincos, y él se quedó allí quieto en tanto pudo oír el ruido de la carreta, bambaleándose sobre las piedras. El sol tocaba las altas rocas del Cerro de la Cruz; las grises cabelleras de los olivos se esfumaban en el crepúsculo, y en la lejanía del campo no se oía más que la esguila de la "Blanca" en el silencio inmenso.

Mara, apenas se vió en Marineo entre gente nueva y en las faenas de la vendimia, se olvidó en él; pero Jeli pensaba siempre en ella, porque no tenía otra cosa que hacer en los largos días que se pasaba contemplando la cola de sus caballos. Ahora ya no tenía motivo para bajar al valle, del otro lado del puentecillo, y nadie le veía en la hacienda. Así, ignoró mucho tiempo que Mara tenía novio, porque bajo el puentecillo había pasado mucha agua. No volvió a ver a la muchacha hasta el día de la fiesta de San Juan, según fué a la feria a vender unos potros; una fiesta que se le trocó en veneno y le quitó el pan de la boca por un accidente que le ocurrió a uno de los potros del amo; Dios nos libre.

El día de la feria, el mayoral esperaba los potros desde el amanecer, andando de un lado a otro, con sus polainas relucientes, por detrás de las grupas de los caballos y las mulas, puestos en fila a un lado y a otro de la carretera. La feria estaba ya para acabar, y Jeli no asomaba aún con el ganado por el recodo que hacía la carretera. En las empinadas cuestas del Calvario y del Molino de viento quedaba aún tal cual rebaño de ovejas apretadas en corro, con el hocico en tierra y los ojos cerrados, y tal cual pareja de bueyes de pelo largo, de esos que se venden para pagar la renta de las tierras, esperando inmóviles bajo el sol ardoroso. Abajo, en el valle, la campana de San Juan tocaba a misa mayor, acompañada del largo estampido de los morteretes.

El campo de la feria parecía exaltar en un griterío que se prolongaba entre los tenderetes de los vendedores alineados en la Cuesta de los Gallos, descendía por las calles del pueblo y parecía regresar del valle donde estaba la iglesia.

— ¡Viva San Juan!

— ¡Santo diablo! — gritaba el mayoral —. Ese maldito Jeli me va a hacer perder la feria.

Las ovejas levantaban el hocico atónito y se daban a balar todos a una, y los bueyes andaban lentamente, mirando en derredor con sus grandes ojos.

El mayoral estaba tan enfadado porque aquel día había que pagar el arrendamiento de los Cercados grandes, "cuando San Juan llegase bajo el olmo" decía el contrato, y para completar la cantidad se había contado con la venta de los potros. Entre tanto, potros, caballos y mulas había cuantas el Señor hizo, todos limpios y relucientes, adornados de trenzas, lazos y cascabeles, que sacudían para espantar el fastidio, volviendo la cabeza a todo el que pasaba, como si esperasen un alma caritativa que quisiera compararlos.

— ¡Se habrá tumbado a dormir el muy ladrón! — seguía gritando el mayoral —, y me deja colgados los potros...

Jeli, por el contrario, había andado durante toda la noche para que los potros llegasen frescos a la feria y cogiesen un buen sitio al llegar, y al pisar el Llano del Cuervo, aún no se habían puesto los *tres reyes* que brillaban sobre el monte Arturo con los brazos en cruz. Por el camino pasaban de continuo carros y gentes a caballo que iban a la fiesta; por eso el mozo tenía los ojos bien abiertos, para que los potros no se espantaran con el insólito trajín y fueran todos juntos a lo largo de la cuneta, tras de la "Blanca", que caminaba derecha y tranquila con su cencerro al cuello. De cuando en cuando, como el camino corría por lo alto del monte, se oía allá abajo la campana de San Juan, que hasta el obscuro silencio del campo llegaba la fiesta, y por todo el camino, a los lejos, lleno de gente a pie o a caballo que iba a Vizzini, se oía gritar: "¡Viva San Juan!", y los cohetes ascendían derechos y relucientes tras los montes de la Canzinia, como las estrellas que llueven en agosto.

— ¡Es como la Nochebuena! — íbale diciendo Jeli al muchacho que le ayudaba a conducir la piara —, que en todas las haciendas se hace fiesta y luminaria y por todo el campo se ven hogueras.

El muchacho dormitaba, arrastrando muy despacio una pierna tras otra, y no respondía nada. Pero Jeli, a quien aquella campana le hacía hervir la sangre, no podía estar callado, como si aquellos cohetes que rasgaban la obscuridad, callados y relucientes tras el monte, le salieran a él del alma.

— Mara habrá ido también a la fiesta de San Juan — decía —, porque va todos los años.

Y sin preocuparse de que Alfio, el muchacho, no respondía nada:

— ¡No sabes! Ahora Mara es así de alta, que está más crecida que la madre que la ha parido, y cuando la volví a ver no me pareció la misma con quien iba a coger higos chumbos y a varear las nueces.

Y se dió a cantar en alta voz cuantas canciones sabía.

— ¡Alfio! ¿Te duermes? — le gritó cuando hubo concluído —. ¡Mira que la "Blanca" va siempre tras de ti!

— ¡No, no me duermo! — respondió Alfio con voz ronca.

— ¿Ves cómo nos mira el lucero allí, sobre Granvilla, como si disparasen cohetes también en Santa Dominica? Ya poco falta para que rompa el alba; pero llegaremos a la feria a tiempo de encontrar un buen sitio. ¡Ya verás, "Morito", cómo tendrás cabezada nueva, con tus jaeces colorados para la feria! ¡Y tú también, "Estrellado"!

Así íbales, pues, hablando a los potros para que se serenasen oyendo su voz en la obscuridad. Pero le dolía que el "Estrellado" y el "Morito" fueran a ser vendidos en la feria.

— Cuando estén vendidos se irán con el amo nuevo, y ya no se los verá en la piara, como ha pasado con Mara luego que se marchó a Marineo.

— Su padre está muy bien en Marineo; que cuando fuí a verlos me pusieron delante pan, vino, queso y toda la gracia de Dios, porque él es casi el mayoral, y tiene las llaves de todo, y si hubiese querido, yo me habría comido toda la hacienda. Mara no me conocía casi de tanto tiempo que hacía que no me había visto, y se puso a gritar: "¡Anda! ¡Mire quién está aquí! ¡Jeli, el guardián de los caballos, el de Tebidi!" Es como cuando uno vuelve de lejos, que sólo con ver el pico de un monte reconoce en seguida la tierra donde ha nacido. La "señá" Lía no quería que le llamase de tú a su hija, ahora que ya se ha hecho grande, porque la gente que no sabe nada murmura luego. Mara se reía, y "dián" que acababa de cocer el pan, según estaba de colorada. Y ponía la mesa y extendía el mantel, que no parecía la misma.

— Y qué... ¿te acuerdas de Tebidi? — le pregunté, apenas la "señá" Lía salió para sacar vino fresco del barril.

— Sí; sí que me acuerdo — me dijo ella —. En Tebidi había una campana y un campanario que parecía el asa de un salero, se tocaba desde el atrio, y había también dos gatos de piedra, que hacían la guardia de la puerta del jardín.

Yo sentía dentro de mí todas aquellas cosas según me las iba diciendo. Mara me miraba de pies a cabeza, con unos ojos así, y tornaba a decirme: "¡Cuánto has crecido!" Y se echó a reír y me dió un pescozón.

De esta manera perdió el pan Jeli, el guardián de los caballos, porque precisamente en aquel momento, sobreviniendo de improviso un coche, que no se había oído antes, según subía la cuesta paso a paso, se puso al trote al llegar al llano, con gran estrépito del látigo y cascabeles, como si lo llevase el diablo. Los potros, espantados, se desbandaron en un relámpago, que parecía aquello un terremoto, y fueron menester no pocos gritos, llamadas y "¡ohí, ohí!" de Jeli y del muchacho antes de que se recogieran en torno a la "Blanca", que trotaba también sin rumbo, con su cencerro al cuello. Apenas contó Jeli sus caballos, se percató de que faltaba el "Estrellado", y se llevó las manos a la cabeza, porque por allí el camino corría a lo largo del barranco, y en las barranco fué donde el "Estrellado" se rompió las patas, un potro que valía doce onzas como doce ángeles del paraíso. Llorando y gritando llamaba Jeli al potro, que no se le veía por parte alguna: "¡Ohí! ¡Ohí! ¡Ohí!" El "Estrellado" respondió, por fin, desde el fondo del barranco con un doloros relincho, como si hubiese tenido el don del habla el pobre animal...

— ¡Ay, madre mía! — gritaban Jeli y el muchacho —. ¡Ay qué desgracia, madre mía!

Los caminantes que iban a la fiesta y oían llorar de aquel modo en la obscuridad, les preguntaban qué se les había perdido, y luego, cuando sabían de lo que se trataban, seguían su camino.

El "Estrellado" permanecía inmóvil donde se había caído, con las patas en alto, y mientras Jeli íbale tocando por todas partes, llorando y hablándole, cual si hubiese podido entenderle, el pobre animal levantaba la cabeza trabajosamente y la volvía hacia él, con un aliento roto por el espasmo.

— ¿Qué se le habrá roto? — lloriqueaba Jeli, desesperado de no poder ver nada por la mucha obscuridad; y el potro, inerte como una piedra, dejaba caer la cabeza pesadamente. Alfio, que se había quedado en el camino al cuidado de la piara, tranquilizándose antes que el otro, sacó el pan del zurrón. El cielo se había puesto blancuzco, y los de alrededor parecían despuntar uno por uno, altos y negros. Desde la revuelta de la carretera se empezaba a divisar el pueblo, con su monte Calvario, y el del Molino de viento estampado en el amanecer, umbríos aún, sembrados de las blancas manchas de los rebaños; y, como los bueyes que pastaban en lo alto del monte, en el azul iban de un lado a otro, parecía como si el contorno del monte se animase y hormigueara de vida. La campana no se oía ya desde el fondo del barranco; los caminantes eran cada vez más raros, y los pocos que pasaban tenían prisa por llegar a la feria. El pobre Jeli no sabía a qué santo volverse en aquella soledad; el mismo Alfio, por sí solo, de nada podía servirle; por eso éste mordisqueaba tranquilamente su pedazo de pan.

Al cabo vióse venir a caballo al mayoral, que desde lejos gritaba y blasfemaba al ver los caballos parados en el camino; tanto, que Alfio, asustado, se dió a correr monte arriba. Jeli no se movió de junto al "Estrellado". El mayoral dejó la mula en el camino y bajó al barranco a su vez, intentando ayudar al potro a levantarse tirándole de la cola.

— ¡Déjelo estar! — decía Jeli todo pálido, como si hubiese sido él quien se hubiese roto las pierna —. ¡Déjalo estar! ¡No ve que el pobre animal no se puede mover!

El "Estrellado", en efecto, a cada movimiento y a cada esfuerzo que le obligaban a hacer, daba un ronquido que parecía un cristiano. El mayoral se desahogaba dándole puntapiés y pescozones a Jeli, clamando contra los ángeles y santos del cielo. Alfio, en tanto, ya más tranquilo, había vuelto al camino para no dejar a los caballos sin guarda, e intentaba disculparse diciendo:

— Yo no tengo la culpa. Yo iba delante con la "Blanca".

— Aquí ya no hay nada que hacer — dijo al cabo el mayoral, luego que se persuadió de que todo era tiempo perdido —. Aquí ya no se aprovecha más que el pellejo, que es bueno.

Jeli se echó a temblar como una hoja cuando vió al mayoral ir a sacar la escopeta de las alforjas de la mula.

— ¡Quítate de ahí, holgazán! — le gritó el mayoral —. ¡Qué no sé cómo no te tumbo junto a ese potro que valía bastante más que tú con todo el puerco bautismo que te echó el ladrón del cura!

El "Estrellado", no pudiéndose mover, volvía la cabeza con ojos espantosos, como si todo lo hubiese entendido, y el pelo se le rizaba en ondas a lo largo de las costillas; parecía como si por debajo le corriera un estremecimiento. Así, pues, el mayoral mató allí mismo al "Estrellado", para sacar al menos la piel, y el ruido sordo que hizo en la carne viva el tiro a boca de jarro le sintió Jeli dentro de sí.

— Ahora, si quieres seguir mi consejo — le dijo el mayoral —, ya puedes no presentarte al amo a que te pague lo que te debe, porque te lo pagará en moneda amarga.

El mayoral se marchó con Alfio, con los demás potros, que, sin volver siquiera adonde quedaba el "Estrellado", iban arrancando la hierba del ribazo. El "Estrellado" se quedó solo en el barranco esperando que fuesen a despellejarlo, con los ojos espantados aún y las cuatro patas estiradas; feliz al cabo, que no pensaba más. Jeli, que había visto la sangre fría con que el mayoral apuntó y disparó mientras el pobre animal volvía la cabeza penosamente, cual si tuviera sentido, dejó de llorar y se quedó mirando al "Estrellado", sentado en una piedra, hasta que llegaron los hombres que iban por la piel.

Ahora ya podía irse de paseo, a divertirse o estarse en la plaza todo el día, viendo a los señorones en el casino, como mejor le pareciera, que ya no tenía pan ni techo, y era menester buscarse un amo, si es que alguno le quería después de la desgracia del "Estrellado".

Así son las cosas del mundo: mientras Jeli andaba buscando un amo, con el zurrón a cuestas y cayada en mano, la banda tocaba en la plaza alegremente, con sus sombreros de plumas, en medio de una muchedumbre de gorras blancas, espesas como moscas, y los señorones estaban tan divertidos sentados en el casino. Toda la gente andaba vestida de fiesta, como el ganado de la feria, y en un rincón de la plaza había una mujer con falda corta y medias color de carne, que parecía llevar las piernas desnudas, tocando el tambor ante una tela pintada, donde se veía una carnicería de cristianos corriendo la sangre a raudales; y entre la gente que estaba allí mirando con la boca abierta, vió al señor Colás, que conocía a Jeli de cuando estaba en Passanitello, y le dijo que el amo se lo encontraría él, porque el compadre Isidoro Macca buscaba un guardián para sus cerdos.

— ¡Pero no digas nada de lo del "Estrellado"! — le recomendó el señor Colás —. Una desgracia a cualquiera le pasa; pero es mejor no hablar de ello.

Fueron, pues, a buscar al compadre Macca, que estaba en el baile, y mientras el señor Colás entró con la embajada, Jeli esperó en la calle, en medio de la gente que estaba en la puerta. En la sala había una porción de gentes que saltaban y se divertían, todas sofocadas, haciendo un gran ruido de pisadas sobre el pavimento, que ni aun el "ron-ron" del contrabajo se oía, y apenas acababa una tocata, que costaba un grano, levantaban el dedo para indicar que querían otra, y el del contrabajo hacía una cruz con carbón en la pared para llevar la cuenta y empezaba otra vez.

— Esos gasten sin pensar — decía Jeli — y no están apurados como yo por falta de un amo, cuando tanto sudan y se afanan por gusto, como si estuvieron a jornal.

El señor Colás regresó diciendo que el compadre Macca no tenía necesidad de nadie. Entonces Jeli volvió las espaldas y se marchó cabizbajo.

Mara vivía hacia San Antonio, donde las casas trepan por el monte, frente al valle de la Canziria, todo verde de chumberas, y al fondo las ruedas de los molinos que espumaban en el torrente; pero Jeli no tuvo valor para ir hacia aquellos sitios ahora que ni aun para guardar puercos le querían; y vagando por entre la gente, que le empujaba de un lado a otro sin preocuparse de él, le parecía estar más solo que antaño con los potros en las landas de Passanitello, y sentía ganas de llorar. Por último, el señor Agripino se lo encontró en la plaza, según iba de aquí para allá con los brazos colgando, viendo la fiesta, y empezó a gritarle: "¡Jeli, Jeli!", y se lo llevó a su casa. Mara, muy compuesta, con unos pendientes que le daban en las mejillas, estaba a la puerta mano sobre mano, cargadas ambas de anillos, esperando que anocheciese para ir a ver los fuegos.

— ¡Oh! — dijo Mara — ¿También tú has venido para la fiesta de San Juan?

Jeli no se atrevía a entrar, es verdad, porque estaba mal vestido; pero el señor Agripino le empujó diciéndole que no se veían por primera vez y que ya se sabía que había ido a la feria con los potros del amo. La "señá" Lía le sirvió un buen vaso de vino, y después se lo llevaron a ver la luminaria con las comadres y los vecinos.

Al llegar a la plaza, Jeli se quedó con la boca abierta de la maravilla; era toda un mar de fuego, como cuando se incendian los rastrojos, por los muchos cohetes que los devotos disparaban ante el santo, que se regodeaba con ellos desde la embocadura del Rosario, negro, negro, bajo el dosel de plata. Los devotos iban y venían por entre las llamas como diablos, y había incluso mujer desceñida, despeinada, con los ojos fuera de las órbitas, encendiendo cohetes a su vez, y un cura con la sotana al viento y destocado, que parecía un poseído de tanta devoción como tenía.

— Ese es el hijo del señor Neri, el mayoral de la Salonia, y lleva gastadas más de diez liras de cohetes — decía la "señá" Lía, señalando a un mozo que andaba dando vueltas por la plaza con dos cohetes a la vez en cada mano, como dos velas; que todas las mujeres se lo comían con los ojos, y le gritaban:

— ¡Viva San Juan!

— Su padre es rico y posee más de veinte cabezas de ganado — añadió el señor Agripino.

Mara sabía además que había llevado el estandarte grande en la procesión, y que lo sostenía derecho como un huso, tan fuerte y robusto era el mozo.

El hijo del señor Neri parecía como si oyese todo aquello y encendiese los cohetes por la Mara, haciendo la rueda delante de ella; tanto que, después de los fuegos, los acompañó y los llevó al baile y al cosmorama, donde se veía el antiguo y el nuevo mundo, pagando él, claro está, incluso por Jeli, que iba detrás de la comitiva como perro sin dueño, a ver bailar al hijo del señor Neri con la Mara, que daba vueltas y se acurrucaba como paloma enamorada, teniendo colgada con garbo una punta del delantal. El hijo del señor Neri saltaba como un potro; tanto que la "señá" Lía lloraba de gusto, y el señor Agripino decía con la cabeza que sí, que iba bien la cosa.

Cuando al cabo se cansaron, fueron de aquí para allá por "el paseo", arrastrados por la gente como por una riada, viendo los transparentes iluminados, donde cortábanle la cabeza a San Juan, que a los mismísimos turcos diera compasión, y el santo pataleaba como un corderillo bajo la segur. Allí cerca estaba la banda, que tocaba bajo un gran paraguas de madera todo iluminado, y en la plaza había tan apretada muchedumbre que nunca se vieron tantos cristianos en una feria.

Mara iba del brazo del hijo del señor Neri, como una señorita, y le hablaba al oído y se reían, que ya se veía que se divertían mucho. Jeli no podía más del cansancio, y se quedó dormido sentado en la acera, hasta que le despertaron los primeros petardos de los fuegos artificiales. Mara, siempre junto al hijo del señor Neri, apoyaba ambas manos cruzadas en su hombro, y a la luz de los fuegos parecía, ora blanca, ora roja. Cuando escaparon cielo arriba los últimos cohetes en haz, el hijo del señor Neri se volvió hacia ella, que estaba muy pálida, y le dió un beso.

Jeli no dijo nada; pero en aquel punto se le trocó en veneno toda la fiesta que hasta entonces había tenido, y tornó a pensar en sus desgracias, que se le habían olvidado, y en que se había quedado sin amo y no sabía qué hacer ni adónde ir, y que no tenía pan ni cobijo; en fin, que era mejor tirarse al barranco, como el "Estrellado", al que se comían los perros en aquel momento.

Entre tanto, la gente a su alrededor estaba alegre. Mara saltaba con las compañeras y cantaba por la callejuela pedregosa según volvían a su casa.

— ¡Buenas noches! ¡Buenas noches! — decíanse las compañeras, a medida que se iban dejando unas con otras.

Mara daba las buenas noches como si cantara, tal contento tenía en la voz, y el hijo del señor Neri parecía entontecido sido enteramente, y como si no quisiera dejarla, mientras el señor Agripino y la "señá" Lía disputaban al abrir la puerta de la casa. Nadie se ocupaba de Jeli; sólo el señor Agripino se acordó de él, y le preguntó:

— Y ahora, ¿adónde vas a ir?

— No lo sé — dijo Jeli.

— Mañana ven a buscarme y te ayudaré en encontrar colocación. Por esta noche vuelve a la plaza donde hemos estado oyendo la banda; ya encontrarás sitio en algún banco; que lo que es a dormir al sereno debes estar hecho.

Sí que estaba hecho; pero lo que le daba más pena era que Mara no le dijese nada y le dejase a la puerta de aquella manera, como a un mendigo; tanto que se lo dijo al día siguiente, apenas pudo verla a solas un momento en su casa.

— ¡Ay, Mara, cómo te olvidas de los amigos!

— ¿Eres tú, Jeli? — dijo Mara —. No, no me olvidé de ti. ¡Pero estaba tan cansada después de los fuegos!

— ¿Es que quieres al menos al hijo del señor Neri? — le preguntó dándole vueltas al cayado entre los dedos.

— ¡Qué estás diciendo! — respondió bruscamente la Mara —. ¡Mi madre está ahí y lo oye todo!

El señor Agripino le encontró colocación como ovejero en la Salonia, donde era mayoral el señor Neri; pero como Jeli estaba poco práctico en el oficio, tuvo que contentarse con un salario asaz escaso.

Ahora atendía a sus ovejas y a aprender cómo se hace el queso, el requesón, la cuajada y todo fruto pastoril; pero en las charlas que se traían por la noche en el corral entre los demás pastores y labriegos, mientras las mujeres pelaban las judías del potaje, si se hablaba del hijo del señor Neri, que se casaba con Mara la del señor Agripino, Jeli no decía nada, y ni aun a abrir la boca se atrevía. Cierta vez que el campero le aludió diciéndole que Mara ya no quería nada con él, después de haber dicho todo el mundo que serían marido y mujer, Jeli, que cuidaba de la olla en que hervía la leche, respondió escurriendo el cuajo poco a poco:

— Es que Mara ha crecido y se ha puesto tan guapa, que parece una señora.

Pero como era paciente y trabajador, presto aprendió el oficio, como si en él hubiera nacido, y como estaba hecho a andar con el ganado, quería a sus ovejas, y así el "mal" no hacía tantos estragos en la Salonia, y el rebaño prosperaba que era un gusto para el señor Neri siempre que iba a la hacienda; tanto que, por año nuevo, se sirvió inducir al patrón a que aumentase el salario a Jeli, de suerte que vino a ganar casi lo mismo que cuando eran guardián de caballos. Eran dineros bien gastados, que Jeli no se preocupaba de contar las leguas buscando el mejor pasto para sus reses, y cuando las ovejas parían o estaban malas, las llevaba a pastar en las alforjas del borrico, y cargaba a cuestas con los corderos, que le balaban en la cara, con el hocico fuera del saco, lamiéndole las orejas. En la nevada famosa de la noche de Santa Lucía, cayeron cuatro palmos de nieve en el "lago muerto" de la Salonia y en todos los alrededores, durante leguas y leguas, que no se veía otra cosa por el campo cuando abrió el día. Aquella vez habría sido la ruina del señor Neri, como fué la de tantos otros, a no haberse levantado Jeli tres o cuatro veces durante la noche a espantar las ovejas en el redil para que los pobres animales se sacudieran la nieve de encima y no se quedaron sepultados como muchos de los rebaños vecinos, según contó el señor Agripino cuando fué a echar un vistazo a un campillo de habas que tenía en la Salonia. Por cierto que dijo también que de aquella historia de la boda del hijo del señor Neri con su hija Mara no era verdad nada; que Mara tenía otra cosa en el pensamiento.

— ¡Si decían que se casaba para Navidad! — dijo Jeli.

— ¡No es verdad nada de eso: no se casaba nadie; todo charlas de gentes envidiosas que se meten en los negocios ajenos! — respondió el señor Agripino.

Pero el campero, que sabía la verdad, porque lo había oído contar en la plaza cuando iba al pueblo, contó la cosa tal y como era, después que se marchó el señor Agripino; ya no se casaban porque el hijo del señor Neri había sabido que Mara, la del señor Agripino, se entendía con don Alfonso, el señorito, que conocía a Mara de pequeña, y el señor Neri había dicho que quería que su hijo fuese honrado, como su padre, y que no quería más cuernos en casa que los de sus bueyes.

Jeli estaba presente allí también, sentado en corro con los demás para almorzar, y en aquel momento cortando el pan en rebanadas. No dijo nada; pero se le quedó el apetito por todo el día siguiente.

Según conducía las ovejas, tornó a pensar en Mara cuando era niña, y estaban juntos todo el día, y iban al valle del Tacitano y al Cerro de la Cruz, y ella le miraba, con la barbilla respingada, según iba a coger nidos a la copa de los árboles, y pensaba también en don Alfonso, que iba a buscarle desde la quinta vecina y se tumbaban de bruces en la hierba a hurgar con una pajita los nidos de grillos. Recordaba todas estas cosas horas y horas, sentado en un ribazo, cogiéndose las rodillas con las manos; los altos nogales de Tebidi, los espesos matorrales de los valles, las vertientes de los montes, verdes de zumaques, y los olivos grises, que se esfumaban en la niebla del valle; los techos rojos del caserío y el campanario, "que parecía el asa de un salero" entre los naranjos del jardín. Aquí el campo extendíase ante sus ojos, pelado, desierto, manchado de la hierba abrasada, humeante, silencioso en el horizonte lejano.

En primavera, apenas las vainas de las habas empezaban a doblar la cabeza, Mara fué a la Salonia con su padre, su madre, el muchacho y el borrico, para recogerlas, y todos juntos durmieron en la hacienda los dos o tres días que duró la recolección. Así que Jeli veía a la muchacha de día y de noche, y muchas veces sentábase junto a las teleras del redil y hablaban un rato, mientras el muchacho contaba las ovejas.

— Me parece estar en Tebidi — decía Mara —, como cuando éramos chicos y estábamos en el puentecillo del sendero.

Jeli se acordaba también de todo, aunque nada dijese, porque había sido siempre un muchacho juicioso y de pocas palabras.

Acababa la recolección, la víspera de la marcha, Mara fué a despedirse del muchacho, a punto que estaba haciendo el requesón y recogía el suero con el cazo.

— Vengo a decirte adiós — díjole ella —, porque mañana nos volvemos a Vizzini.

— ¿Qué tal la cosecha de habas?

— Malamente... la hierba tora se las ha comido todas este año.

— Eso depende de que ha llovido poco — dijo Jeli —. Figúrate, hemos tenido que matar las corderas porque no tenían pasto... En toda la Salonia no han nacido tres dedos de hierba.

— Pero a ti eso poco te importa, que buen año o malo, tu salario lo tienes siempre.

— Sí, es verdad; pero me da lástima entregar los pobres animales al cortador.

— ¿Te acuerdas cuando viniste por la fiesta de San Juan, que te habías quedado sin amo?

— Sí que me acuerdo.

— Mi padre fué quien te acomodó aquí con el señor Neri.

— ¿Y tú, por qué no te has casado con el hijo del señor Neri?

— Porque no era la voluntad de Dios. Mi padre ha tenido mala suerte — continuó a poco —. Desde que nos marchamos de Marineo, todo nos ha salido mal. Las habas, la siembra, el pedazo de viña que teníamos. Además, mi hermano se ha ido soldado y se nos ha muerto una mula que valía cuarenta onzas.

— Ya lo sé — contestó Jeli —, la mula baya.

— Ahora que lo hemos perdido todo, ¿quién quieres que se case conmigo?

Mara desmenuzaba un vástago de endrina según hablaba, con la barbilla hundida en el seno y los ojos bajos, rozando sin darse cuenta con el codo el de Jeli. Pero Jeli, con los ojos en el suelo, a su vez no contestaba nada; de suerte que ella continuó:

— En Tebidi decían que seríamos marido y mujer, ¿te acuerdas?

— Sí — dijo Jeli, y dejó el cucharón en el borde de la mantequera —. Pero yo soy un pobre pastor y no puedo pretender a la hija de un propietario como eres tú.

Mara se quedó un tanto callada, y luego dijo:

— Si tú me quieres, yo por mí me caso contigo de buena gana.

— ¿De veras?

— Sí, de verdad.

— Mi padre dice que tú ya sabes tu oficio y que no eres de los que te gastas el salario, sino que de un cuarto haces dos, y no comes para no consumir tu pan; de suerte que llegarás a tener ovejas también tú, y te harás rico.

— Si es así — concluyó Jeli —, también yo me caso contigo de buena gana.

— Bueno... — le dijo Mara una vez que se hubo hecho la obscuridad y fuéronse callando las ovejas poco a poco —, si quieres un beso, te lo doy, puesto que vamos a ser marido y mujer.

Jeli lo recibió muy a gusto, y no sabiendo qué decir, añadió:

— Yo siempre te he querido; hasta cuando quisiste dejarme por el hijo del señor Neri...

Pero no tuvo valor para decirle lo demás.

— ¿Lo ves? ¡Estábamos destinados el uno para el otro! — concluyó Mara.

El señor Agripino consintió, en efecto, y la "señá" Lía hizo a toda prisa un jubón nuevo y un par de calzones de velludo para el yerno. Mara estaba fresca como una rosa; con aquella mantilla blanca parecía el cordero pascual, y aquel collar de ámbar le hacía más blanco el cuello; de suerte que Jeli, cuando iba a su lado por las calles, andaba muy tieso, vestido de paño y de velludo nuevo, y no se atrevía a sonarse con el pañuelo de seda rojo para no hacerse notar; pero los vecinos y cuantos sabían la historia de don Alfonso se le reían en las narices. Cuando Mara dió el *sí quiero* y el cura se la entregó por mujer con una gran bendición, Jeli se la llevó a su casa, y le pareció como si le hubiesen dado todo el oro de la Virgen y todas las tierras que con sus ojos había visto.

— Ahora que somos marido y mujer — le dijo una vez llegados a casa, sentado frente a ella y haciéndose muy pequeño —, ahora que somos marido y mujer, puedo decirte que no me parece verdad que me quieras..., cuando habrías tenido tantos otros mejores que yo..., tan guapa como eres...

El pobre no sabía decirle otra cosa, y no cabía en el traje nuevo del contento de tener a Mara en su casa, arreglando y tocándolo todo, en su papel de ama. No encontraba momento para abrir la puerta y volverse a la Salonia; cuando llegó el lunes, tardaba de modo insólito en cargar las alforjas sobre la albarda del burro, el tabardo y el paraguas de hule.

— ¡Debías venir a la Salonia tú también! — le dijo a su mujer, que habíasele quedado mirando desde el umbral —. Debías venir conmigo.

Pero ella, echándose a reír le respondió que no había nacido para pastora y que no tenía nada que hacer en la Salonia.

En efecto: Mara no había nacido para pastora, no estaba acostumbrada a la tramontana de enero, cuando las manos se hielan sobre el cayado y parece como si se le fueran a caer a uno las uñas; a los furiosos aguaceros en que le entra a uno el agua hasta los huesos; al polvo sofocante de los caminos, cuando las ovejas caminan bajo el sol ardiente; a la yacija dura, al pan mohoso, a los largos días silenciosos y solitarios, en que por el campo abrasado no se ve a lo lejos, sino rara vez, algún campesino negro del sol, que lleva por delante su borriquillo, por la carretera blanca y interminable. Al menos, Jeli sabía que Mara estaba tan a gusto entre sábanas, hilando ante el fuego, en corro con las vecinas, tomando el sol en el arriate, mientras él volvía del campo cansado y sediento o empapado en agua, cuando el viento empujaba la nieve hasta dentro de la casa y apagaba el fuego de zumaques. Todos los meses iba Mara a cobrar el salario a casa del amo, y no le faltaban huevos en el gallinero, aceite en la lámpara ni vino en la botella. Dos veces al mes iba Jeli a verla, y ella le esperaba en el balcón, huso en mano; luego, cuando había atado el burro en la cuadra, quitándole la albarda y echando la cebada en el pesebre, y colocada la leña bajo el cobertizo del corral o lo que traía a la cocina, Mara le ayudaba a colgar el tabardo de un clavo, a quitarse las perneras mojadas ante el hogar, y le servía el vino, mientras el potaje hervía alegremente y ella preparaba la mesa poco a poco, previsora, como buena ama de casa, al mismo tiempo que le hablaba de esto y de lo de más allá, de la clueca, que había puesto a empollar; de la tela que tenía en el telar, del ternero que estaban criando, sin olvidar ninguno de los quehaceres de la casa; de suerte que Jeli se sentía tan a gusto como un Papa.

Pero la noche de Santa Bárbara volvió a una hora insólita, cuando todas las luces estaban apagadas en la calleja y el reloj de la ciudad daba la media noche. Una noche de lobos; y el lobo precisamente habíasele entrado en casa, mientras él estaba al agua y al viento, por mor del salario y de la yegua del amo, que estaba mala y era menester que la viera luego el herrador. Golpeó y sacudió la puerta, llamando a Mara con grandes voces, mientras le caía encima el agua del alero y le chorreaba por los tobillos. Al cabo, fué su mujer a abrirle y empezó a regañarle, como si hubiese sido ella la que hubiera correteado por los campos con aquel temporal, con una cara, que le preguntó:

— ¿Qué pasa? ¿Qué tienes?

— ¡Tengo, que me has asustado! ¿Te parece hora de cristianos ésta? ¡Mañana estaré mala!...

— Ve a acostarte, yo encenderé el fuego.

— No, es menester que vaya por la leña.

— Yo iré.

— ¡Que no te digo!

Cuando Mara volvió con la leña en los brazos, Jeli le dijo:

— ¿Por qué has abierto la puerta del corral? ¿Es que no había leña en la cocina?

— No, he ido por ella al cobertizo.

Ella se dejó besar fríamente, y volvió la cabeza a otro lado.

— ¡Su mujer le deja en remojo a la puerta — decían los vecinos — cuando está en casa el tordo!

Pero Jeli no sabía que era cornudo, ni los demás se lo decían, porque nada le importaba, que ya se había casado con daño, después que el hijo del señor Neri la había plantado al saber la historia de don Alfonso. Jeli, por el contrario, vivía feliz y contento con tal vituperio, y hasta engordaba como un cerdo, "que dientes y cuernos duelen al apuntar, mas luego sirven para comer".

Al cabo, el zagal del ganado se lo dijo en su cara, cierta vez que se pusieron a malas, a cuenta de unos quesos mordidos.

— Como don Alfonso se entiende con tu mujer, te crees que eres su cuñado, que te has puesto más orgulloso que un rey de corona con los cuernos que llevas.

El mayoral y el campero creyeron que iba a correr la sangre; pero Jeli se calló, como si no fuese con él, con una cara de tonto que los cuernos le sentaban bien de verdad.

Acercábase la Pascua, y el mayoral enviaba a todos los hombres de la hacienda a confesarse con la esperanza de que con el temor de Dios ya no robasen más. Jeli fué también, y al salir de la iglesia buscó al muchacho con quien había tenido aquellas palabras, y le echó los brazos al cuello, diciéndole:

— El confesor me ha dicho que te perdone; pero yo no estoy enfadado contigo por aquellas habladurías, y si no vuelves a morder el queso, a mí no me importa nada de lo que me dijiste rabioso.

Desde aquel momento, le llamaron de mote "Cuernos de oro", y el remoquete quedósele, y a todos los suyos, aun después de haberse lavado los cuernos con sangre.

La Mara había ido a confesarse a su vez, y volvía de la iglesia muy envuelta en su mantilla, con los ojos bajos, como una Magdalena. Jeli, que la esperaba taciturno en el arriate, según la vió venir de quella manera, que bien se veía que traía el Señor consigo, la miraba muy pálido, de pies a cabeza, como si la viese por primera vez o le hubiesen cambiado a su Mara, y ni a levantar los ojos hasta ella se atrevía, mientras desdoblaba el mantel y ponía las escudillas sobre la mesa, tan tranquila y compuesta como de costumbre. Luego de pensarlo un poco, le preguntó muy fríamente:

— ¿Es verdad que te entiendes con don Alfonso?

Mara fijó en él sus límpidos y hermosos ojos, y se hizo el signo de la cruz.

— ¿Por qué quieres hacerme pecar en este día? exclamó.

— ¡No, no quiero creerlo todavía!... Porque don Alfonso y yo estábamos siempre juntos cuando chicos, y no pasaba día sin que fuese a Tebidi... lo mismo que dos hermanos... Además, él es rico, que tiene los dineros a paletadas, y si quisiera mujer, se casaría, que no le faltaría pan que comer.

Mara, por el contrario, íbase calentando, y empezó a regañarle con tan malos modos que él ya no levantaba la nariz del plato.

Al cabo, para que la gracia de Dios que estaban comiendo no se les volviese veneno, Mara cambió de conversación y le preguntó si había pensado en azadonar aquel poco de lino que habían sembrado en el habar.

— Sí — respondió Jeli —, y se dará bien el lino.

— Si es así — dijo Mara —, este invierno te haré dos camisas nuevas para que no tengas frío.

Jeli, en suma, no comprendía lo que quería decir cornudo ni qué eran celos; todo lo nuevo entrábale difícilmente en la cabeza, y esto era tan gordo que le costaba un trabajo de todos los demonios que le entrara, máxime cuando veía ante sí a su Mara, tan guapa, tan blanca, tan compuesta, la misma a quien había él querido y en quien había pensado tanto tiempo, tantos años, desde chico, que el día que le dijeron que se iba a casar con otro no tuvo fuerzas para comer ni beber. Y aun pensando en don Alfonso, no podía creer en una bribonada semejante, que le parecía estar viéndole aún con aquellos ojos francos y aquella boca risueña con que iba a llevarle dulces y pan blanco a Tebidi hacía tantos años — ¡una acción tan negra! —, y que aun no habiéndole vuelto a ver, porque él era un pobre pastor y se pasaba todo el año en el campo, se le había quedado metido en el corazón. Pero la primera vez que por desgracia volvió a ver a don Alfonso ya hecho un hombre, Jeli sintió como un vuelco en el corazón. ¡Cómo había crecido y qué buen mozo era! ¡Con aquella cadena de oro sobre el chaleco, aquella chaqueta de velludo y aquella barba repeinada que parecía de oro también! Nada orgulloso además, que le dió una palmada en el hombro y le llamó por su nombre. Había ido con el amo de la hacienda, juntamente con una partida de amigos, a hacer una excursión en el tiempo del esquileo de las ovejas; y había llegado Mara de improviso, con el pretexto de que estaba encinta y tenía antojo de requesón fresco.

Era un día hermoso y cálido en los campos rubios con los setos en flor y las largas hileras verdes de las viñas. Las ovejas brincaban y balaban del contento al sentirse despojadas de toda aquella lana, y en la cocina, las mujeres hacían un buen fuego para cocer las muchas cosas que el amo había llevado para el almuerzo. Los señores, en tanto, esperaban a la sombra de los algarrobos, mandaban tocar tamboriles y cornamusas y bailaban quienes tenían ganas con las mujeres de la hacienda. Jeli, según esquilaba las ovejas, sentía como si dentro de sí, sin saber por qué, le royera una espina, un clavo agudo, una fina tijera que le trabajaba poco a poco peor que un veneno.

El amo había mandado que se sacrificasen dos cabritos, el castrado de un año, unos pollos y un pavo. En suma: quería hacer la cosa en grande, sin ahorros, para hacerles los honores a sus amigos; y mientras todos aquellos animales se retorcían en el dolor, y balaban los cabritos al filo del cuchillo, Jeli sentía que le temblaban las piernas, y de vez en cuando le parecía como si la lana que iba esquilando y la hierba en que brincaban las ovejas se encendieran en sangre.

— ¡No vayas! — le dijo a Mara cuando don Alfonso la llamó para que fuese a bailar con los demás —. ¡No vayas, Mara!

— ¿Por qué?

— ¡No quiero que vayas! ¡No vayas!

— ¿Oyes cómo me llaman?

El no dijo más. Se quedó mudo como un muerto, encorvado, como estaba esquilando las ovejas. Mara se encogió de hombros y se fué a bailar. Estaba colorada y alegre, con sus ojos negros que parecían dos estrellas, viéndosele al reír los dientes blancos, reluciéndole sobre mejillas y pecho el oro de sus cabellos, lo mismo que la Virgen "talmente". Jeli se irguió de pronto, empuñando las largas tijeras, tan pálido como su padre el vaquero cuando temblaba con la fiebre junto al fuego en la cabaña. Vió que don Alfonso, con su barba rizada, su chaqueta de velludo y su cadenilla de oro sobre el chaleco, tomaba a Mara de la mano y la invitaba a bailar; le vió que alargaba el brazo, como para estrecharla contra su pecho, y que ella le dejaba hacer; entonces, perdonadle, Señor, ya no vió más y le degolló de un solo tajo, lo mismo que a un cabrito.

Después, según le llevaban ante el juez, atado, rendido, sin que hubiese osado oponer la menor resistencia:

— ¡Que! — decía —, ¿tampoco tenía que matarlo?... ¡Si me había quitado mi Mara!

"MALPELO"

(Rosso Malpelo.)

"Malpelo" se llamaba así porque tenía el pelo rojo, y tenía el pelo rojo porque era un chicuelo granujilla y malo que prometía ser un perfecto bribón. De suerte que todos en la mina de arena roja le llamaban "Malpelo"; e incluso su madre, con oírle llamar siempre de aquella manera, casi había olvidado su nombre de pila.

Por lo demás, sólo se le veía el sábado por la noche cuando volvía a casa con los pocos cuartos de la semana; y, dado su *mal pelo*, era de temer asimismo que sustrajera algunos; en la duda, por no errar, la hermana mayor le tomaba la cuenta a pescozones.

Pero el amo de la mina confirmó que los cuartos no eran más; y, en conciencia, eran demasiados para "Malpelo", un chicuelo a quien nadie quería delante de su vista, que todo el mundo huía como un perro roñoso, acariciándole con un puntapié cuando se les ponía a tiro.

Era en verdad feo, torvo, quisquilloso y salvaje. A mediodía, mientras todos los demás obreros de la mina comían en corro su potaje y tenían su poco de recreo, él iba a acurrucarse con su cestillo entre las piernas, a roer su poco de pan moreno, como los animales sus semejantes; y cada cual le decía lo suyo, motejándole y tirándole piedras, hasta que el capataz le mandaba al trabajo con un puntapié. El engordaba con los golpes y se dejaba cargar mejor que el burro romero, sin osar quejarse. Siempre iba andrajoso y sucio de arena roja: que su hermana se había tomado los dichos y tenía otras cosas en que pensar que en lavarlo los domingos. Esto, no obstante, era más conocido que la ruda por todo Monserrato y la Carvana, tanto, que a la mina donde trabajaban la llamaban la mina de "Malpelo", cosa que al amo le molestaba un poco. En suma: le tenían por caridad y porque maese Misciu, su padre, en aquella mina había muerto.

Había muerto, porque un sábado quiso terminar un trabajo a destajo de un pilastrón dejado anteriormente para sostén del abovedado, y que, una vez que ya no servía, habíalo calculado el amo a ojo en 35 ó 40 carros de arena. Maese Misciu cavaba, por el contrario, desde hacía tres días, y aun le quedaba para la mañana del lunes. Fué un mal negocio; y sólo un tonto como maese Misciu se dejaba engañar por el amo de aquella manera; por eso le llamaban maese Misciu el "Bestia", y era el burro de carga de toda la mina. El pobre diablo dejaba que dijeran, y se contentaba con buscarse el pan con sus brazos, en vez de emplearlos en pelearse con los compañeros. "Malpelo" ponía una cara como si aquellas cosas cayeran sobre sus espaldas, y tan pequeño como era y todo, tenía unos ojos que los demás decían:

— Anda, que tú no te morirás en la cama como tu padre.

Pero su padre tampoco murió en su cama, pese a ser una buena bestia. El tío Mommu el "Patojo" había dicho que aquel pilastrón no lo quitaba él ni por veinte onzas: tan peligroso era; pero, por otra parte, todo son peligros en las minas, y si se va a hacer caso de todas las tonterías que se dicen, mejor es meterse a abogado.

Así, pues, el sábado por la noche, maese Misciu picaba aún su pilastrón cuando ya el Avemaría había sonado hacía un rato y todos sus compañeros, encendiendo la pipa, se habían marchado, diciéndole que se divirtiera rascando la arena por darle gusto al amo, y recomendándole que no hiciera *la muerte del ratón*. Como estaba acostumbrado a las burlas, no hacía caso, y sólo respondía con el ¡ah, ah!, de sus buenos golpes de zapa, en tanto murmuraba: "¡Este por el pan! ¡Este por el vino! ¡Este por las sayas de la Anuncia!", haciendo así el destajista la cuenta de cómo gastaría los dineros de su contrata.

Fuera de la mina, el cielo hormigueaba de estrellas, y allá arriba, la lamparilla humeaba, girando como una devanadera. El grueso pilastrón rojo, despanzurrado a golpes de zapa, se retorcía y arqueaba como si tuviese dolor de tripas y dijese ¡uy! a su vez. "Malpelo" andaban limpiando el suelo, y ponía sobre seguro el pico, el saco vacío y la botella del vino. El padre, que le quería al pobrecillo decíale: "Echate a un lado", o "¡Ten cuidado!". "Mira si caen de arriba pedruscos o arena roja, y escapa." De pronto, ¡puf!, "Malpelo", que se había vuelto para colocar de nuevo las herramientas en la esportilla, oyó un estruendo sordo, como el que hace la arena traidora cuando se despanzurra toda de una vez, y se apagó la luz.

El ingeniero que dirigía los trabajos de la mina estaba en el teatro aquella noche, y no habría cambiado su butaca por un trono cuando fueron a buscarlo a cuenta del padre de "Malpelo", que había hecho la *muerte del ratón*. Todas las mujerucas de Monserrato chillaban y se golpeaban el pecho anunciando la gran desgracia que había caído a la comadre Santa, la única, pobrecilla, que no decía nada, castañeteándole los dientes tan sólo como si tuviera la terciana. El ingeniero, cuando le dijeron el cómo y cuándo, que la desgracia había sucedido hacía cerca de tres horas, y que Misciu el "Bestia" debía haber llegado al otro mundo, fué, por descargar la conciencia, con escalas y cuerdas a hacer el agujero en la arena. Pero ¡si, si, cuarenta carros! El "Patojo" dijo que para descombrar el subterráneo lo menos era menester una semana. Había caído una montaña de arena, fina y bien quemada por la lava, que se podía empastar con las manos, y necesitaba el doble de cal. Había para llenar carros y carros semanas enteras. ¡Ah! ¡Si que hizo negocio maese "Bestia"!

Nadie se cuidaba del muchacho, que, arañándose la cara, chillaba como un animal.

— ¡Toma! — dijo alguien al cabo —. ¡Si es "Malpelo"! ¿De dónde habrá salido éste ahora?

— Si está "Malpelo", no escapa con bien...

"Malpelo" no contestaba nada, no lloraba siquiera; cavaba con las uñas en la arena, dentro del agujero; la suerte, que nadie le había visto, y cuando se acercaron con la luz, tenía una cara tan descompuesta, unos ojos tan vidriados y echaba una espuma por la boca, que daba miedo; se le habían arrancado las uñas y le colgaban de las manos ensangrentadas. Cuando quisieron sacarle de allí, fué una cosa seria; porque, no pudiendo arañar ya, mordía como un perro, y tuvieron que agarrarlo de los pelos para sacarlo a viva fuerza.

Volvió, sin embargo, a la mina luego de algunos días, cuando su madre, lloriqueando, le llevó de la mano, porque, a veces, el pan que se come no se puede buscar donde se quiere. Luego, ya no quiso alejarse de aquella galería, y cavaba encarnizadamente, como si cada esportilla de arena se la quitara del pecho a su padre. Muchas veces, según cavaba, se detenía bruscamente, con la zapa en alto, torvo el rostro y extraviados los ojos, y parecía escuchar algo que el diablo le surrase al oído, a través de la montaña de arena caída. Aquellos días estaba más triste, y era peor que de costumbre, tanto que casi no comía, y tiraba el pan al perro, como si no fuese *gracia de Dios*. El pero le quería, porque los perros no miran sino la mano que le da el pan y los golpes. Pero el burro, pobre animal, derrengado y macilento, soportaba todo el desahogo de la maldad de "Malpelo"; le pegaba sin piedad, con el mango de la zapa, y murmuraba:

— ¡Así reventarás antes!

Después de la muerte de su padre parecía haberle entrado el diablo en el cuerpo, y trabajaba igual que esos búfalos feroces atados por un anillo de hierro a las narices. Sabiendo que era de *mal pelo*, procuraba ser lo peor posible; y si sucedía una desgracia, ya que un obrero perdiera las herramientas, que un burro se rompiera una pata o que se hundiera un trozo de galería, se sabía siempre que había sido él; y en efecto: él cargaba con los golpes sin protestar, igual que hacen los burros, que enarcan el lomo y siguen con su tema. Con los demás chicos era lo que se dice cruel, y parecía como si quisiera vengar en los débiles todo el mal que se imaginaba que los demás le habían hecho a él y a su padre. A la verdad, experimentaba un extraño deleite en recordar uno por uno los malos tratos que habían hecho pasar a su padre y el modo como le habían dejado reventar; y cuando estaba solo, murmuraba: "¡También conmigo hacen lo mismo! ¡A mi padre le llamaban "Bestia" porque no hacía lo que yo!" Y cierta vez que pasaba el amo, acompañándole con una mirada torva: "¡Ha sido él! ¡Por treinta y cinco tarjas!" Y otra, a espaldas del "Patojo": "¡También éste! ¡También éste se reía, que yo le oí aquella noche!"

Por un refinamiento de maldad, parecía haber tomado bajo su protección a un pobre chico que de poco tiempo atrás trabajaba en la mina, y que, por efecto de una caída desde un puente, se había dislocado el fémur y no podía hacer de peón. El pobrecillo, cuando llevaba su esportilla de arena a cuestas, renqueaba de un modo que le habían puesto de mote el "Rana"; pero trabajando bajo tierra, rana y todo, se ganaba su pan. "Malpelo", a cuanto decían, le daba también del suyo para darse el gusto de tiranizarlo.

En efecto: le atormentaba de mil maneras; le pegaba sin motivo, sin misericordia; y si el "Rana" no se defendía, le pegaba más fuerte, con mayor encarnizamiento, diciéndole:

— ¡Mira que eres bestia! ¡Si no tienes valor para defenderte de mí, que no te quiero mal, quiere decirse que te dejarías pisotear de todo el mundo!

Y si el "Rana" se limpiaba la sangre que echaba por la boca y narices:

— A ver si así, cuando te escueza el dolor de los porrazos, aprendes a darlos tú.

Cuando veía un burro cargado por la áspera subida del subterráneo, hincando los cascos, agobiado por el peso, anhelante, muerta la mirada, le pegaba sin misericordia con el mango de la zapa, y los golpes sonaban secos sobre las canillas y las costillas. A veces, el animal se doblaba a los golpes; pero exhausto de fuerzas, no podía dar un paso y se caía sobre las rodillas; había uno tantas veces caído, que tenía dos mataduras en los manos. "Malpelo" solía decirle al "Rana":

— Al burro se le pega porque él no puede pegar; que si pudiera, nos pisotearía y nos arrancaría la cara a mordiscos.

O también:

— Si tienes que dar moquetes, da todo lo fuerte que puedas; que así los demás tendrán miedo y esos menos caerán sobre ti.

Con el pico y el azadón trabajaba con tal encarnizamiento, que parecía que la tenía tomada con la arena, dando una y otra vez, apretando los dientes, con los mismos ¡ah, ah! de su padre.

— La arena es traidora — decíale al "Rana" en voz baja —; se parece a todos esos que, si eres más flojo, te pisan la cabeza, y si eres más fuerte o estás con muchos, como el "Patojo", se dejan vencer. Mi padre no daba a nadie más que a la arena; por eso le llamaron "Bestia", y la arena se lo comió a traición, porque era más fuerte que él.

Siempre que le tocaba al "Rana" un trabajo harto pesado, y el chico lloriqueaba como una mujerzuela, "Malpelo" le daba un empujón y le regañaba: "¡Calla, pulga!" Y si el "Rana" no cejaba, le echaba una mano, diciéndole con cierto orgullo: "¡Déjame; yo soy más fuerte que tú!" O le daba su media cebolla y él se contentaba con comer el pan seco, encogiéndose de hombros y añadiendo: "Yo estoy acostumbrado".

Estaba acostumbrado a todo: a los pescozones, a los puntapiés, a los golpes de mango de azada, de cincha de albarda, a verse injuriado y escarnecido por doquier, a dormir sobre las piedras, rompiéndose los brazos y los riñones en catorce horas seguidas de trabajo; incluso a ayunar estaba acostumbrado cuando el amo le castigaba quitándole el pan y el potaje. Decía que la ración de golpes nunca se la había quitado el amo, pero que los golpes no cuestan nada. No se quejaba, sin embargo, y se vengaba a hurtadillas, a traición, en uno de aquellos inventos verdaderamente endiablados; por eso caíanle encima todos las castigos aunque él no fuera el culpable. Como si no había sido, era muy capaz de serlo, no se justificaba nunca; por lo demás, habría sido inútil. Algunas veces, cuando el "Rana" todo asustado le conjuraba, llorando, a que dijese la verdad y se disculpase, repetía:

— ¿Y para qué? ¡Yo soy de *mal pelo*!

Y nadie pudo nunca decir si aquel agachar la cabeza y encorvar la espalda era efecto de fiero orgullo o de desesperada resignación, que no se sabía tampoco si era salvaje o tímido. Lo cierto era que ni aun su madre había probado nunca una caricia suya, y que, por lo tanto, no se las hacía ella tampoco.

Los sábados por la noche, apenas llegaba a su casa, con aquella cara sembrada de pecas y de arena roja y aquellos harapos que le colgaban por todas partes, su hermana agarraba el mango de la escoba al verle aparecer de aquella catadura, que haría echar a correr a su galán si veía con qué gente iba a emparentar; la madre siempre estaba en casa de ésta o aquella vecina, y él íbase, por lo tanto, a acurrucarse en su jergón como un perro enfermo. Por eso los domingos, cuando todos los demás chicos del pueblo se ponían la camisa limpia para ir a misa o para retozar en el corral, no había mejor fiesta para él que andar errante por los caminos de los huertos a cazar lagartijas u otros pobres bichos que nada le habían hecho, o a agujerear los setos de chumberas. Además, las burlas y pedradas de los otros chicos no le gustaban.

La viuda de maese Misciu estaba desesperada con aquel hijo desharrapado, y el chico iba como esos perros que, a fuerza de darles golpes y pedradas unos y otros, acaban metiendo el rabo entre las piernas y escapando apenas ven un ser viviente, hasta que se queden hambrientos, pelados y salvajes como lobos. Al menos, bajo tierra, en la mina de arena, feo, andrajoso y sucio como era, no se burlaban ya de él, y parecía hecho para el oficio, incluso por el color del pelo y aquellos ojos del gato, guiñados si veían el sol. Así están los burros que trabajan en las minas años y años sin salir nunca, y en los subterráneos donde el pozo de entrada está a pico, se los baja con cuerdas y allí se quedan mientras viven. Son burros viejos, es verdad, comprados por doce y trece liras, cuando los van a llevar al pellejero a que los cuelgue; pero para el trabajo que allí abajo han de hacer son todavía buenos; y "Malpelo", ciertamente, no valía más; si salía de la mina los sábados por la noche, era porque tenía manos para trepar por la cuerda y tenía que ir a llevarle a su madre el jornal de la semana.

Ciertamente que habría preferido ser peón como el "Rana", y trabajar cantando en los puentes, arriba, al azul del cielo, dándole el sol en las espaldas; o de carretero, como el compadre Gaspar, que iba a recoger la arena de la mina tambaleándose somnoliento sobre las varas del carro, con su pipa en la boca, y andaba todo el día por los caminos; y mejor aún habría querido ser labrador, para pasarse la vida en los campos verdes, bajo los espesos algarrobos y el mar azul allá a lo lejos, y sobre su cabeza, el canto de los pájaros. Pero era aquél el oficio de su padre, y en aquel oficio había nacido él. Y pensando en todas estas cosas, contábale al "Rana" lo del pilastrón que se le había caído encima a su padre, y dábale arena fina y quemada al carretero que iba a cargar con su pipa en la boca, tambaleándose sobre las varas, y le decía que cuando acabasen de cavar encontrarían el cadáver de su padre, que debía de tener unos calzones de fustán casi nuevos. El "Rana" tenía miedo, pero él no. Pensaba que había estado siempre allí, desde chico, viendo aquel agujero negro que se ahondaba bajo tierra, adonde su padre solía conducirlo de la mano. Entonces tendía los brazos a derecha y izquierda y describía cómo se extendía bajo sus pies, hasta el infinito, el intrincado laberinto de galerías por aquí y por allá, hasta donde se veía la jara negra y desolada, sucia de retamas carbonizadas, y cómo habíanse quedado allí tantos hombres aplastados o perdidos en la obscuridad, que ha tantos años andan y andan sin poder descubrir la espiral del pozo por donde han entrado y sin oír los gritos desesperados de sus hijos, que los buscan inútilmente.

Pero cierta vez que llenando uno de las esportillas se descubrió una bota de maese Misciu, tomóle tal temblor que tuvieron que sacarle al aire libre con las cuerdas, como a un burro que estuviese para estirar la pata. No se pudieron encontrar, sin embargo, ni los pantalones, casi nuevos, ni los restos de maese Misciu, si bien los prácticos afirmaron que aquel debía ser el lugar preciso donde se le cayó encima el pilastrón; un obrero, nuevo en el oficio, observó curioso cuán caprichosa era la arena que había desbaratado al "Bestia", tirando las botas por un lado y los pies por otro.

Desde que se encontró la bota, tomóle a "Malpelo" tal miedo a ver aparecer entre la arena roja el pie desnudo de su padre, que no quiso volver a dar ni un solo azadonazo, aunque le dieran a él con la zapa en la cabeza. Se fué a trabajar a otra parte de la galería y no quiso volver ya por aquel sitio. Dos o tres días después descubrieron, en efecto, el cadáver de maese Misciu, con los pantalones puestos y tumbado boca abajo, que parecía embalsamado. El tío Mommu observó que había debido padecer mucho para acabar, porque el pilastrón se le había caído encima y le había enterrado vivo; aun ahora se podía ver que maese "Bestia" había intentado salvarse cavando en la arena, porque tenía las manos laceradas y las uñas rotas.

— Lo mismo que su hijo "Malpelo" — repetía el "Patojo" —: él cavaba aquí, mientras su hijo cavaba arriba.

Pero nada le dijeron al muchacho, porque sabían cuán malo y vengativo era.

El carretero se llevó el cadáver de maese Misciu del mismo modo que cargaba la arena sobrante y los huesos muertos, que esta vez, además del hedor del cadáver, se trataba de un compañero, *carne bautizada.* La viuda achicó los pantalones y la camisa y se los arregló a "Malpelo", que se vió vestido casi de nuevo por primera vez. Sólo las botas fueran guardadas para cuando creciese, porque no se podía achicarlas y el novio de su hermana no quiso las botas del muerto.

"Malpelo" alisaba sobre sus piernas aquellos pantalones de fustán casi nuevos, y le parecían suaves dulces como las manos de su padre, que, aunque rudas y callosas, solían acariciarle los cabellos. Las botas las tenía colgadas de un clavo sobre el jergón, cual si fuesen las pantuflas del Papa; y los domingos las cogía, les daba lustre y se las probaba; luego las ponía en el suelo, una junto a otra, y se quedaba mirándolas, de codos sobre las rodillas y la barba en las manos, horas enteras, revolviendo quién sabe qué pensamientos en aquel caletre.

¡"Malpelo" tenía unas ideas muy extrañas! Como había heredado también el pico y la zapa, los utilizaba, aunque eran harto pesados para su edad, y cuando le preguntaban si quería venderlos, que se los pagarían como nuevos, contestaba que no. Su padre les había puesto el mango tan liso y reluciente con sus manos, él no habría podido hacerse otros más lisos y relucientes que aquéllos, ni aun trabajando doscientos años.

Por entonces se murió, a fuerza de años y de trabajo, el burro "romero", y el carretero fué a tirarlo lejos en la jara.

— Así se hace — murmuraba "Malpelo" —; lo que no sirve, se tira.

Iba a ver a carroña del "romero" en el fondo del barranco, y llevaba también a la fuerza al "Rana", que no quería ir; "Malpelo" le decía que en este mundo hay que acostumbrarse a ver frente a frente todo, lo feo y lo bonito, y miraba con ávida curiosidad de chiquillo los perros que corrían de todas las haciendas de los alrededores a disputarse las carnes del "romero". Los canes escapaban aullando cuando aparecían los chicos, y vagaban gañendo por los ribazos de enfrente; pero "Malpelo" no dejaba que el "Rana" los espantase a pedradas.

— ¿Ves aquella perra negra — le decía — que no tiene miedo de tus pedradas? No tiene miedo porque tiene más hambre que los otros. ¡Mira las costillas del "romero"! Ahora ya no sufre.

El burro "romero" estaba tan tranquilo, con las cuatro patas estiradas, y dejaba que los perros se divirtieran vaciándole las cuencas de los ojos y descarnándole sus huesos blancos; los dientes que le desgarraban las entrañas no le hacían estremecerse como cuando le acariciaban las ancas a badilazos para darle un poco de fuerza para subir el áspero sendero. "¡Así anda el mundo!" También el "romero" ha sufrido sus golpes de zapa y sus mataduras. También él, cuando se doblaba al peso o le faltaba el aliento para seguir andando, ponía unos ojos, mientras le pegaban, como si dijera: "¡No más! ¡No más!" Pero ahora le coman los ojos los perros, y él se ríe de los golpes y de las mataduras con esa boca descarnada y toda dientes. Pero si no hubiese nacido, mejor le habría sido.

La jara extendíase melancólica y desierta, hasta donde alcanzaba la vista, subiendo y bajando en picos y barrancos, negra y rugosa, sin un grillo que trinara ni un pájaro que cantase con ella. No se oía nada, ni los golpes de pico de los que trabajaban bajo tierra. Y "Malpelo" repetía siempre que por debajo la tierra estaba toda hueca de galerías por doquier, hacia el monte y hacia el valle; tanto que, una vez, un minero entró de joven y salió con el pelo blanco, y otro, a quien se le apagó la luz, se estuvo gritando socorro años y años.

"Sólo oyó sus propios gritos", decía, y a esta idea, aunque tenía el corazón más duro que la jara, temblaba.

"El amo me mandas lejos muchas veces, a donde los demás tienen miedo de ir. Pero yo soy "Malpelo", y si no vuelvo, nadie me buscará."

En las hermosas noches de verano, cuando relucían las estrellas sobre la jara también, y el campo estaba todo negro como la lava, "Malpelo", cansado de la larga jornada de trabajo, se tumbaba sobre el saco, cara al cielo, a gozar de aquella quietud y aquella alta luminaria; por eso odiaba las noches de luna, en que el mar hormiguea de chispas y el campo se dibuja aquí y allá vagamente — porque entonces la jara parece más árida y desolada.

"Para nosotros, que estamos hecho a vivir bajo tierra — pensaba "Malpelo" —, debía estar obscuro siempre por todas partes."

La lechuza graznaba sobre la jara, vagando de aquí para allá; él pensaba:

"También la lechuza siente a los muertos que están bajo tierra, y se desespera porque no los encuentra."

El "Rana" tenía miedo de las lechuzas y de los murciélagos; pero "Malpelo" le regañaba, porque el que está obligado a vivir solo no debe tener miedo de nada, y ni el burro romero tenía miedo de los perros que lo mondaban, ahora que sus carnes no sentían va el dolor de los mordiscos.

— Tú estabas hecho a trabajar en los tejados como los gatos — le decía —, y entonces era otra cosa. Pero ahora que te toca vivir bajo tierra como los ratones, no hay que tener miedo de topos ni murciélagos, que son ratones viejos con alas y están muy a gusto en compañía de los muertos.

El "Rana", por el contrario, experimentaba un gran placer en explicarle lo que hacían las estrellas allá arriba, y le contaba que allá arriba estaba el paraíso donde van los muertos que han sido buenos y no han dado disgustos a sus padres. "¿Quién te lo ha dicho?" — preguntaba "Malpelo" —, y el "Rana" respondía que se lo había dicho su madre.

Entonces, "Malpelo" se rascaba la cabeza, y sonriendo, le hacía un guiño de chiquillo malicioso que está al cabo de la calle.

— Tu madre te dice eso porque en vez de pantalones debieras llevar sayas.

Y después de haber reflexionado un tanto:

— Mi padre era bueno y no le hacía daño a nadie; tanto que le llamaban "Bestia". Por eso está enterrado y han encontrado las herramientas, las botas y estos pantalones que llevo puestos.

De allí a poco, el "Rana", que enflaquecía de tiempo atrás, enfermó de suerte que por la noche lo sacaban de la mina en el burro, tumbado entre las aguaderas, temblando de fiebre como un pollo mojado. Un obrero dijo que aquel muchacho *no haría los huesos duros en el oficio*, y que para trabajar en una mina sin dejar el pellejo había que nacer en ella. "Malpelo", entonces, sentíase orgulloso de haber nacido allí y de seguir tan fuerte y tan sano en aquel ambiente mefítico y con todos aquellos trabajos. Cargaba con el "Rana" a cuestas y le daba ánimos a su manera, regañándole y pegándole. Pero una vez, al pegarle en la espalda, al "Rana" le dió un vómito de sangre; entonces, "Malpelo", espantado, se afanó en buscarle en la nariz y dentro de la boca lo que le había hecho, jurando que no podía haberle hecho tanto daño tal como le había pegado; y para demostrárselo se daba de puñadas en el pecho y en los riñones con una piedra. Es más: un obrero allí presente le descargó un puntapié, que resonó como en un tambor, y "Malpelo" no se movió, y sólo, luego que el obrero se fué, añadió:

— ¿Lo ves? ¡No me ha hecho nada! ¡Y te juro que ha pegado más fuerte que yo!

Entre tanto, el "Rana" no se curaba y seguía escupiendo sangre y teniendo fiebre todos los días. Entonces "Malpelo" cogió unos cuartos del jornal de la semana para comprarle vino y potaje caliente, y le dió sus pantalones casi nuevos, que le abrigaban más. Pero el "Rana" tosía continuamente y algunas veces parecía ahogarse; luego, por la noche, no había manera de vencer el temblor de la fiebre, ni con sacos, ni tapándole con paja, ni poniéndole junto al fuego. "Malpelo" se estaba callado e inmóvil, inclinado sobre él, con las manos en las rodillas, mirándole fijamente con los ojos muy abiertos, como si quisiera retratarlo, y cuando le oía quejarse en voz baja y le veía aquella cara jadeante y aquellos ojos apagados, lo mismo que los del burro "romero" cuando respiraba anhelante bajo la carga al subir el sendero, murmuraba:

— ¡Mejor es que te mueras pronto! ¡Si tienes que sufrir de este modo, mejor es que te mueras!

El amo decía que "Malpelo" era capaz de aplastarle la cabeza al chico, y que había que vigilarlo.

Al cabo, un lunes, el "Rana" ya no fué a la mina, y el amo se frotó las manos, porque en el estado a que se veía reducido servía más de estorbo que de otra cosa. "Malpelo" se enteró de donde vivía y el sábado fué a verle. El pobre "Rana" estaba más con un pie en el otro mundo que en éste; su madre lloraba y se desesperaba, como si su hijo fuese de esos que ganen diez liras a la semana.

"Malpelo" no podía comprender tal y preguntóle al "Rana" por qué gritaba su madre de aquella manera, siendo así que hacía dos meses que no ganaba ni lo que comía. Pero el pobre "Rana" no le hacía caso; parecía contar las vigas del techo. Entonces "Malpelo" se dió a pensar que tal vez la madre del "Rana" chillase de aquella manera porque su hijo siempre había sido débil y enfermizo, y lo había tenido como a esos mamoncillos que no se destetan nunca. El, por el contrario, estaba fuerte y sano, tenía *mal pelo*, y su madre nunca había llorado por él, porque no había tenido nunca miedo a perderlo.

Poco después dijeron en la mina que el "Rana" se había muerto, y pensó que la corneja graznaba por él por las noches, y volvió a ver los huesos mondados del "romero" en el barranco donde solía ir con el "Rana". Ahora ya no quedaban del "romero" sino los huesos desparramados, y lo mismo sucedería con el "Rana". Su madre se secaría los ojos, que también la madre de "Malpelo" se los había secado luego de muerto maese Misciu, y ahora se había casado otra vez, e íbase a vivir a Cifali con su hija la casada, y habían cerrado la casa. De ahora en adelante, si le pagaban, a ellos nada les importaba, y a él tampoco, que cuando estuviese como el "romero" o como el "Rana", ya no sentiría nada.

Por entonces fué a trabajar a la mina uno a quien nunca se le había visto por allí y que se estaba escondido lo más que podía. Los otros obreros decían que se había escapado de la cárcel y que si le cogían volverían a encerrarle años y años. "Malpelo" supo entonces que la cárcel era un sitio donde metían a los ladrones y bribones como él y los tenían siempre encerrados allí dentro con guardias de vista.

Desde aquel momento experimentó una malsana curiosidad por aquel hombre que había probado la cárcel y se había escapado de ella. Luego de unas cuantas semanas, el fugitivo declaró redondamente que estaba cansado de aquella vida de topo, y que prefería estar en la galera toda la vida; que el presidio, en comparación de aquella, era un paraíso, y que a él se volvería por su pie.

— Entonces, ¿por qué todos los que trabajan en la mina no hacen que les metan en la cárcel? — preguntó "Malpelo".

— Porque no tenemos *mal pelo* como tú — respondió el "Patojo" —. ¡Pero descuida, que tú irás y allí dejarás los huesos!

Por el contrario, "Malpelo" dejó sus huesos en la mina, lo mismo que su padre, pero de diferente manera. Cierta vez había que explorar un paso de comunicación con el pozo grande de la izquierda, hacía el valle, y si la cosa resultaba bien, se economizaba la mitad de la mano de obra en la excavación de arena. Pero, de todas suertes, había el peligro de perderse y no volver nunca más. Así pues, ningún padre de familia quería aventurarse, ni habría consentido que se arriesgase a ello ninguno de su sangre por todo el oro del mundo.

"Malpelo" no tenía ni siquiera quien cobrarse todo el oro del mundo por su pellejo, aunque su pellejo hubiese valido tanto; así que pensaron en él. Al echar a andar se acordó del minero perdido años y años, y que aun camina en la obscuridad clamando socorro sin que nadie pueda oírlo. Pero no dijo nada. ¿De qué le habría servido? Cogió las herramientas de su padre, el pico, la zapa, la linterna, el saco del pan, la botella del vino, y se marchó; nunca más se volvió a saber nada de él.

Así se perdieron incluso los huesos de "Malpelo", y los chicos de la mina bajan la voz cuando hablan de él en el subterráneo: que tienen miedo de verle aparecer ante ellos con su pelo rojo y sus ojillos grises.

LA QUERIDA DEL "ABROJO"

(L' amante di Gramigna.)

A Salvador Farina.

Querido Farina: He aquí no un cuento, sino un esbozo de cuento. Al menos tendrá el mérito de ser brevísimo e histórico — un documento humano, como ahora se dice —, que tal vez te interese a ti y a todos los que estudian en el gran libro del corazón. Te lo referiré tal como lo he recogido por los senderos campesinos, con las mismas sencillas y pintorescas palabras sobre poco más o menos de la referencia popular, y tú preferirás ciertamente encontrarte frente a frente con el hecho desnudo y escueto, sin buscarlo entre líneas del libro, a través de la lente del escritor. El simple hecho humano hará pensar siempre; tendrá siempre esa realidad de lo *sucedido*, de las lágrimas verdaderas, de las calenturas y sensaciones que han tomado carne. El misterioso proceso en que se acuerdan, se entrelazan, maduran y se desenvuelven las pasiones en su camino subterráneo, en su ir y venir, que parecen a veces contradictorios, constituirá por mucho tiempo aún el poderoso atractivo del fenómeno psicológico que forma el argumento de un cuento, y que el moderno análisis se esfuerza en estudiar con científico escrúpulo. De lo que hoy te refiero te diré únicamente el punto de partida y el punto de llegada; a ti te bastará, y espero que algún día baste para todo el mundo.

Nosotros rehacemos el proceso artístico a que debemos tantos momentos gloriosos, con diferente método más minucioso y más íntimo. Sacrificamos de grado el efecto de la catástrofe, al desarrollo lógico, necesario, de las pasiones y los hechos a la catástrofe, menos imprevista de esta suerte, tal vez menos dramática, más no menos fatal. Somos más modestos, si no más humildes; pero la exposición de este enlace obscuro entre causas y efectos no será ciertamente menos útil al arte del porvenir. ¿Se llegará nunca a tal perfeccionamiento en el estudio de las pasiones que sea inútil proseguir el estudio del hombre interior? La ciencia del corazón humano, que será fruto del arte nuevo, desarrollará de tal modo y tan generalmente todas las virtudes de la imaginación, que en el porvenir las únicas novelas que se escriban sean simples *sucesos?*

Cuando la afinidad y cohesión entre cada parte de la novela sea tan completa que el proceso de su creación quede en el misterio, como el desenvolvimiento de las pasiones humanas, y la armonía de sus formas tan perfecta, tan evidente la sinceridad de sus realidad, su modo y razón de existir tan necesarios, que la mano del artista quede absolutamente invisible, entonces tendrá el sello del suceso real, la obra de arte parecerá que *se han creado por sí misma*, haber madurado y surgido espontáneamente, como un hecho natural, sin conservar ningún punto de contacto con sus actos, sin mancha alguna del pecado original.

Hace ya algunos años, allá por el Limeto, andaban a caza de un bandido, cierto "Abrojo", si no yerro el nombre, maldito como la hierba que lo lleva, quien de punta a punta de la provincia habría dejado tras de sí el terror de su fama. Carabineros y soldados, incluso de caballería, seguíanle dos meses hacía, sin haber logrado echarle mano; iba solo, pero valía por diez, y la mala planta amenazaba multiplicarse. Por añadidura, se acercaba el tiempo de la siega, abandonada la cosecha en manos de Dios, que los propietarios no se arriesgaban a salir del pueblo por miedo al "Abrojo", de suerte que las quejas eran generales. El prefecto mandó llamar a todos aquellos señores de la comisaría, carabineros y gentes de la compañía de armas, y hete luego en movimiento patrullas y escuadrillas por todos los barrancos y detrás de cada tapia; iban batiéndole como a una fiera por toda la provincia, de día, de noche, a pie, a caballo, con el telégrafo. Pero el "Abrojo" se les escurría de entre las manos y contestaba a escopetazos si le pisaban demasiado los zancajos. En los campos, en los pueblos, por las haciendas, bajo los emparrados de las tabernas, en los lugares de reunión, no se hablaba sino de él, del "Abrojo", de aquella caza encarnizada y aquella desesperada fuga. Los caballos de los carabineros reventaban de cansancio; los de la compañía de armas se tiraban rendidos en el suelo, por las cuadras; las patrullas dormían de pie; sólo el "Abrojo" no se cansaba nunca, ni nunca dormía, luchando siempre, trepando por los precipicios, arrastrándose entre las mieses, corriendo agazapado en la espesura de las chumberas, gateando como un lobo por los lechos secos de los torrentes. En doscientas millas de la redonda corría la leyenda de sus gestas, de su valor, de su fuerza, de aquella desesperada lucha de él solo contra mil, cansado, hambriento, abrasado por la sed, en la inmensa y achicharrada llanura, bajo el sol de junio.

Pepa, una de las chicas más guapas de Licodia, iba a casarse por entonces con el compadre Finu, "Vela de sebo", que tenía sus buenas tierras y una mula baya en la cuadra, y era un mozo grandote y hermoso como el sol, que llevaba el estandarte de Santa Margarita como si fuese un pilastrón, sin doblarse al peso.

La madre de Pepa lloraba del contento por la mucha suerte que le había tocado a su hija, y se pasaba las horas colocando y revolviendo en el baúl el ajuar de la novia, de ropa blanca "bordada como el de una reina", pendientes que le llegaban a los hombros y anillos de oro para los diez dedos de la mano; tenía cuanto oro pudiera tener Santa Margarita, y por Santa Margarita justamente se iban a casar, que caía en junio, después de la siega del heno. "Vela de sebo", al volver todas las noches del campo, dejaba la mula a la puerta de la Pepa e iba a decirle que los sembrados eran un encanto, si el "Abrojo" no les pegaba fuego, y que las trojes no bastarían para todo el grano de la cosecha; que se le hacían mil años lo que tardaba en llevarse a su mujer a casa, a la grupa de la mula baya. Pero Pepa, un buen día, le dijo:

— Deja en paz a tu mula, porque yo no quiero casarme.

¡Figúrate el baturrillo! La vieja se tiraba de los pelos, y "Vela de sebo" se quedó con la boca abierta.

Por sí o por no, a Pepa se le había calentado la cabeza por el "Abrojo", sin conocerlo siquiera. ¡Aquél sí que era un hombre! "¿Tú qué sabes? ¿Dónde le has visto?" Nada. Pepa ni siquiera respondía, con la cabeza baja, la cara dura, sin piedad para su madre, que estaba como loca y con los cabellos grises al viento parecía una bruja.

— ¡Ay! ¡Qué demonio ha venido a hechizarme la hija!

Los comadres, que habían envidiado a Pepa el sembrado próspero, la mula baya y el buen mozo que llevaba el estandarte de Santa Margarita sin doblarse al peso, decían toda clase de historias sobre si el "Abrojo" iba a buscar a la muchacha por la noche a la cocina, y que lo habían visto escondido debajo de la cama. La pobre madre tenía encendida una lámpara a las ánimas del purgatorio, e incluso el cura había ido a la casa de la Pepa a tocarle el corazón con la estola para espantar a aquel diablo del "Abrojo" que se había apoderado de ella.

Pero ella seguía diciendo que ni aun de vista conocía al tal cristiano; pero que pensaba siempre en él, que lo veía en sueños por la noche, y a la mañana se levantaba con los labios ardientes, como él sedienta.

La vieja entonces la encerró en casa para que no volviese a oír hablar del "Abrojo", y tapó todas las rendijas con estampas de santos. Pepa escuchaba lo que decían en la calle, detrás de las estampas benditas, y se ponía pálida y colorada como si el diablo le soplase todo el infierno en la cara.

Al cabo, oyó que habían descubierto al "Abrojo" en las chumberas de Palagonia.

— ¡Dos horas ha estado haciendo fuego! — decían —. Hay un carabinero muerto y más de tres de la compañía de armas heridos. Pero le han disparado tal granizada de fusilaría, que esta vez han encontrado un lago de sangre donde ha estado.

Una noche, Pepa se santiguó ante la cabecera de la vieja y huyó por la ventana.

El "Abrojo" estaba en las chumberas de Palagonia — no habían podido atraparle en aquella madriguera de conejos — herido, ensangrentado, pálido por el hambre de dos días, abrasado por la fiebre y con la carabina cargada.

Cuando la vió llegar resuelta, por entre los espesos matorrales, a la fosca claridad del amanecer, pensó un momento si disparar o no.

— ¿Qué quieres? — le preguntó —. ¿Qué vienes a hacer aquí?

Ella no respondió, mirándole fijamente.

— ¡Vete! — dijo él —. ¡Vete, y que Cristo te ayude!

— Ahora ya no puedo volver a casa — contestó —; el camino está lleno de soldados.

— ¡Qué me importa! ¡Vete!

Y la apuntó con la carabina. Como no se movía, el bandido, espantado, se fué a ella mostrándole los puños:

— Pero ¿estás loca... o eres... una espía?

— ¡No! — dijo ella —. ¡No!

— Bueno, si es así, ve a buscarme una botella de agua al torrente.

Pepa fué sin decir nada, y cuando el "Abrojo" oyó los tiros, se sonrió y dijo entre sí:

— Esos eran para mí.

Pero poco después vió volver a la muchacha, con la botella en la mano, herida y ensangrentada. Se abalanzó sobre ella, sediento, y luego que bebió hasta faltarle el resuello, le dijo al fin:

— ¿Quieres venir conmigo?

— Sí — dijo ella con la cabeza, ávidamente —; sí.

Y le siguió por montes y valles, hambrienta, medio desnuda, corriendo muchas veces a buscarle una botella de agua y un mendrugo de pan con riesgo de su vida. Se volvía con las manos vacías, en medio de los tiros, su querido, devorado por el hambre y la sed, le pegaba.

Una noche en que había luna y se oía ladrar a los perros, lejos, en la llanura, el "Abrojo" se puso en pie de un brinco y le dijo:

— ¡Tú quédate aquí, o te mato, como hay Dios!

Ella se quedó pegada a la roca, en el fondo del barranco; él, por el contrario, salió corriendo entre las chumberas. Pero los otros, más avisados, le salían al encuentro precisamente por aquel lado.

— ¡Alto, alto!

Sonaron unos escopetazos. Pepa, que sólo por él temblaba, le vió llegar herido, arrastrándose apenas, andando a gatas para volver a cargar la carabina.

— ¡Se acabó! — dijo —. Ahora me cogen — y tenía la boca llena de espuma, y los ojos relucientes como de lobo.

Apenas cayó sobre las ramas secas como un haz de leña, los de la campañía de armas se le echaron encima todos a la vez.

Al día siguiente le pasearon por las calles del pueblo en un carro, herido y sangriento. La gente se agolpaba en derredor para verle, y también a su querida, maniatada como una ladrona, ¡ella que tenía tanto oro como Santa Margarita!

La pobre madre de Pepa tuvo que vender todo la ropa blanca del ajuar, los pendientes de oro y los anillos de los diez dedos, para pagar los abogados de su hija y llevársela de nuevo a casa enferma, deshonrada y con el hijo del "Abrojo" a cuestas. En el pueblo nadie volvió a verla. Estaba arrinconada en la cocina como una fiera, y sólo salió cuando su vieja se murió de pena y hubo que vender la casa.

Entonces, de noche, se marchó del pueblo, dejando su hijo en el hospicio, sin mirar atrás siquiera, y se fué a la ciudad, donde le habían dicho que estaba en el "Abrojo" en la cárcel.

Rondaba en torno al tétrico edificio, mirando las rejas, buscando dónde podría estar él, con los esbirros siguiéndole los pasos, insultada y echada de todas partes. Al cabo, supo que su amante no estaba allí ya, que se lo habían llevado a Ultramar, maniatado y con el hatillo a cuestas. ¿Qué hacer? Se quedó donde estaba, a buscarse el pan haciendo algún servicio a los soldados y a los carceleros, como si formase parte ella también de aquel gran edificio tétrico y silencioso. Por los carabineros, que habían cogido al "Abrojo" en la espesura de las chumberas, sentía una especie de ternura respetuosa, algo así como admiración bruta de la fuerza, y estaba siempre por el cuartel, barriendo las salas y limpiando polainas, tanto que "el estropajo del cuartel" la llamaban. Sólo cuando salían para alguna expedición arriesgada, y les veía cargar las amas, se ponía pálida y pensaba en el "Abrojo".

GUERRA DE SANTOS

De pronto, según iba San Roque tan tranquilamente por la calle, bajo su dosel, con los perros alrededor, un gran número de velas encendidas en torno, la banda, la procesión y el cortejo de devotos, sucedió un tiberio, una escapada general, una de todos los diablos: curas que corrían con las sotanas remangadas, trombas y clarinetes por el aire, mujeres que chillaban, la sangre por los arroyos y una lluvia de palos, que caían como peras maduras en las propias barbas de San Roque bendito. Acudieron el pretor, el alcalde, las carabineros; lleváronse los huesos rotos al hospital, los más levantiscos fueron a dormir a la cárcel, el santo volvió a la iglesia a la carrera, más que a paso de procesión, y la fiesta terminó como las comedias de fantoches.

Y todo por envidia de los del barrio de San Pascual, porque aquel año los devotos de San Roque se habían gastado un ojo de la cara para hacer las cosas en grande: fué la banda de la ciudad, se dispararon más de dos mil morteros, y había incluso un estandarte nuevo, todo recamado de oro, que pesaba más de un quintal, según decían, y que en medio de la muchedumbre parecía un ascua de oro mismamente. Todo lo cual atacábales los nervios de los devotos de San Pascual, hasta que a uno de ellos, al cabo, se le le acabó la paciencia y se dió a gritar, pálido de las bilis: "¡Viva San Pascual!". Entonces habían empezado los palos.

Ciertamente que ir a gritar: "¡Viva San Pascual!" en las mismísimas barbas de San Roque era lo que se dice una provocación; es como que le escupan a la puerta de uno, o como el que se divierte pellizcando a la mujer que uno lleva del brazo. En esos casos no valen cristos ni diablos, y se hace caso omiso del poco respeto que se tiene por los demás santos, que, en fin de cuentas, todos son lo mismo. Si es en la iglesia, salen danzando los bancos; si en la procesión, llueven pedazos de cirios como murciélagos, y si en la mesa, vuelan las escudillas.

— ¡Santo diablo! — gritaba el compadre Nino, pisoteado y maltrecho —. Quiero yo ver si hay alguien que todavía tenga valor para gritar: "¡Viva San Pascual!"

— ¡Yo! — respondió furibundo Turi el tundidor, que iba a ser su cuñado, pero que estaba fuera de sí por un puñetazo que le habían dado en la pelea, dejándole medio ciego.

— ¡Viva San Pascual hasta la muerte!

— ¡Por amor de Dios! ¡Por amor de Dios! — gritaba su hermana Saridda, poniéndose entre su hermano y su novio; que los tres habían estado tan de acuerdo hasta aquel momento.

El compadre Nino, el novio, voceaba a modo de escarnio:

— ¡Viva mi pañal! ¡Viva san pañal!

— ¡Toma! — gritó Turi echando espuma por la boca, y los ojos hinchados y lívidos como una berenjena —. ¡Toma! ¡Por San Roque! ¡El del pañal, toma!

Así pues, diéronse de puñetazos, capaces de matar a un buey, hasta que los amigos consiguieron separarlos a fuerza de empujones y patadas. Saridda, enardecida a su vez, gritaba: "¡Viva San Pascual!", y a poco si la emprenden los novios a bofetones, como si hubieran sido ya marido y mujer. Que en tales ocasiones la emprenden padres con hijos, y se separan las mujeres de sus maridos si, por desgracia, una del barrio de San Pascual se ha casado con uno de San Roque.

— ¡No quiero volver a oír hablar de ese cristiano! — despotricaba Saridda, muy puesta en jarras, ante las vecinas que le preguntaban por qué se había deshecho la boda —. ¡Ni aunque me lo dieran vestido de oro y plata, ya lo oís!

— ¡Lo que es por mí, Saridda puede presumir! — decía por su parte el compadre Nino, mientras le lavaban en la taberna la cara llena de sangre —. En ese barrio de tundidores son todos una partida de pobretes y de holgazanes. Cuando se me ocurrió ir a buscar allí la novia debía estar borracho.

— Ya que sucede esto — había concluído el alcalde — y que no se puede sacar un santo sin que haya palos, que es una verdadera porquería, no quiero más fiestas ni más Cuarenta Horas; y al que saque ni tampoco un cabo de vela, le meto de cabeza en la cárcel.

El caso se había empeorado, además, porque el obispo de la diócesis había concedido el privilegio de llevar la muceta a los canónigos de San Pascual, y los de San Roque, que tenían los curas su muceta, se habían ido hasta Roma, inclusive, a armar la de todos los demonios a los pies del Santo Padre, documentos en mano, papel sellado y todos los requilorios; pero había sido inútil, porque sus adversarios del barrio bajo, que todo el mundo se acordaba aún de cuando no tenían zapatos, se habían enriquecido como cerdos con la nueva industria del curtido de pieles, y ya es sabido que en este mundo se compra o se vende la justicia como el alma de Judas.

En San Pascual esperaban al delegado de monseñor, que era un hombre de pro, con dos hebillas de plata de media libra cada una en los zapatos, y que iba a llevar muceta a los canónigos; por eso habían contratado también ellos la banda para salir al encuentro del delegado tres millas fuera del pueblo, y se decía que, por la noche, habría fuegos en la plaza, con letreros de "¡Viva San Pascual!" en letras luminosas.

Los habitantes del barrio alto estaban, pues, muy excitados, y algunos mondaban unas varas de peral y de cerezo gordas como tranca, y murmuraban:

— ¡Puesto que ha de haber música, hay que llevar la batuta!

El delegado del obispo corría gran peligro de salir con los huesos rotos en su entrada triunfal. Pero el reverendo, más avisado, dejó que le esperase la banda fuera del pueblo, y a pie, por los atajos, llegó poquito a poco a casa del párroco y reunió a los cabecillas de los dos partidos.

Cuando aquellos caballeros se encontraron frente a frente, con tanto tiempo como llevaban de pelea, empezaron a mirarse con intención de arrancarse los ojos el uno al otro, y fué menester toda la autoridad del reverendo, que se había puesto en aquella solemnidad el ferreruelo de paño nuevo, para que los helados y refrescos se sirvieran sin tropiezos.

— ¡Así me gusta! — aprobaba el alcalde con la nariz dentro del vaso —. Cuando me buscáis para que haya paz, me encontráis siempre.

El delegado dijo, en efecto, que él había ido para la conciliación con el ramo de olivo en la boca, como la paloma de Noé, y pronunciando el fervorín, distribuía sonrisas y apretones de manos, diciéndoles a todos:

— Los señores me harán el honor de pasar a la sacristía a tomar chocolate el día de la fiesta.

— Dejemos la fiesta — dijo el vicepretor —, que si no habrá nuevos disgustos.

— ¡Habrá disgustos si hay esa matonería de que uno no sea dueño de hacer lo que le venga en gana con su dinero! — exclamó Bruno el carretero.

— Yo me lavo los manos. Las órdenes del Gobierno son precisas. Si hacéis la fiesta, yo mando llamar a los carabineros, porque quiero que haya orden.

— Del orden respondo yo — sentenció el alcalde, dando con la sombrilla en el suelo y echando una mirada en derredor.

— ¡Bravo! Como si no se supiese que quien te sopla a ti todo eso es cuñado Bruno — replicó el vicepretor.

— ¡Y tú te opones por el pique de la prohibición de la colada, que no puedes echar abajo!

— ¡Señores míos, señores míos — recomendaba el delegado —, así no hacemos nada!

— ¡Haremos la revolución! — gritaba Bruno, con las manos en alto.

Por fortuna, el párroco había puesto en salvo a toda prisa jícaras y vasos, y el sacristán había corrido a todo correr a licenciar a la banda, que, sabiendo la llegada del delegado, acudía a darle la bienvenida, soplando en cornetines y trombones.

— Así no se hace nada — decía el delegado, y le molestaba asimismo que, por lo que a él competía, las cosas estuvieran ya arregladas, mientras perdía el tiempo con el compadre Bruno y el vicepretor, que se comían el uno al otro —. ¿Qué es eso de la prohibición de la colada?

— Las injusticias de siempre. Ahora no se puede desdoblar un pañuelo en la ventana sin que al punto le echen a usted la multa encima. La mujer del vicepresidente, fiándose de que su marido tenía cargo oficial y de que hasta ahora había habido siempre un poco de consideración para las autoridades, solía poner a secar en el terradillo toda la colada de la semana..., ya se sabe... el poco de gracia de Dios... Pero ahora, con la nueva ley, eso es pecado mortal, y se prohiben incluso los perros, las gallinas y los demás animales, que, con perdón, hacían hasta ahora la limpieza de las calles. A las primeras lluvias, si Dios quiere, tendremos basura hasta los bigotes.

El delegado del obispo, para conciliar los ánimos, estaba clavado en el confesonario, como una lechuza, de la mañana a la noche, y todas las mujeres querían confesarse con él, que tenía absolución plenaria para toda clase de pecados, como si fuese monseñor en persona.

— ¡Padre — le decía Saridda, con la nariz pegada al confesonario —, el compadre Nino me hace pecar todos los domingos en la iglesia!

— ¿De qué manera, hija mía?

— Ese cristiano iba a ser mi marido antes de que hubiera estos jaleos en el pueblo; pero ahora que se ha deshecho la boda, se planta junto al altar mayor para mirarme y reírse con sus amigos durante la misa.

Y cuando el reverendo intentaba tocarle en el corazón al compadre Nino:

— Si es ella la que vuelve las espaldas cuando me ve, como si fuese yo un excomulgado — respondía el villano.

Por el contrario, al pasar la Saridda los domingos por la plaza, fingía estar y de charla con el brigadier o con cualquier otro pez gordo, y ni siquiera se fijaba en ella. Saridda estaba ocupadísima en reparar farolillos de papel, y los colocaba en fila delante de sus narices, a todo lo largo de la barandilla, con el pretexto de ponerlos a secar.

Cierta vez que se encontraron juntos en un bautizo, ni siquiera se saludaron, como si nunca se hubieran visto, y lo que es más, Saridda se puso a coquetear con el padrino de la niña.

— ¡Vaya un padrino de guasa! — decía Nino —. ¡Cuando nace una mujer, hasta las vigas del techo se quiebran!

Y Saridda, fingiendo hablar con la parturienta:

— No hay mal que por bien no venga. A veces, cuando te crees que has perdido un tesoro, tienes que darle las gracias a Dios y a San Pascual. Que antes de conocer a una persona hay que comer mucha sal.

— Di que sí, que las desgracias hay que tomarlas como vienen; lo peor es repudrirse la sangre por cosas que no valen la pena. A Papa muerto, Papa puesto.

En la plaza sonaba el tambor de la "meta".

— El alcalde dice que habrá fiesta — susurraba la gente.

— Pleitearé hasta la consumación de los siglos; me quedaré sin camisa como el santo Job; pero lo que es esas cinco liras de multa no las pago, aunque tenga que dejarlo dicho en el testamento.

— ¡Sangre perra! Pero ¿qué fiesta quieren hacer, si este año nos vamos a morir todos de hambre? — exclamaba Nino.

Desde el mes de marzo no llovía una gota de agua, y los sembrados amarillos, que se encendían como la yesca, "se morían de sed". Bruno el carretero decía que apenas saliera San Pascual en procesión llovería seguramente. Pero ¿qué le importaba a él la lluvia, si era carretero, ni a todos los tundidores de su partido?... En efecto: sacaron a San Pascual en procesión a levante y a poniente, y le asomaron al cerro para que bendijese el campo, en uno de esos días ardorosos de mayo, todo anubarrado; uno de esos días en que los labradores se tiran de los pelos a la vista de los campos achicharrados, y las espigas doblen la cabeza como si se muriesen.

— ¡Maldito San Pascual! — gritaba Nino, escupiendo y corriendo como un loco por los sembrados —. ¡Me has arrinado, San Pascual, ladrón! ¡No me has dejado más que la hoz para segarme el cuello!

El barrio alto estaba desalado: era uno de esos años largos en que el hambre empieza en junio y las mujeres se están a las puertas, despeinadas, sin hacer nada, con mirada estática. La Saridda, al oír que se vendía en la plaza la mula del compadre Nino, para pagar el arrendamiento de las tierras, que no le daban nada, sintió que de pronto se le apagaba la cólera, y mandó a toda prisa a su hermano Turi para ayudarle con los cuartos que tenían ahorrados.

Nino estaba en un rincón de la plaza, abstraídos los ojos, y las manos en los bolsillos, mientras le vendían la mula toda enjaezada y con cabezón nuevo.

— No quiero nada — respondió torvo —. ¡Gracias a Dios aun tengo brazos! Buen santo San Pascual, ¿eh?

Turi le volvió la espalda para no acabar mal, y se marchó. Pero la verdad era que los ánimos estaban exasperados, después de haber sacado en procesión a San Pascual a levante y a poniente, con tan buen resultado. Lo peor era que muchos del barrio de San Roque se habían dejado arrastrar a la procesión también, dándose golpes como burros y con corona de espinas en la cabeza, por mor de los sembrados. Y ahora se desahogaban en improperios, tanto que el delegado de monseñor había tenido que volverse a pie y sin banda por donde había ido.

El vicepretor, para vengarse del carretero, telegrafió que los ánimos estaban excitados y comprometido el orden público; así que un buen día corrió la noticia de que por la noche habían llegado los de la compañía de armas y que todo el mundo podía verlos en la posada.

— Han venido por el cólera — decían, sin embargo, otros —. En la ciudad se muere la gente como moscas.

El boticario echó el cerrojo a la botica, y el médico escapó antes que nadie, para que no acabaran con él.

— No será nada — decían los pocos que seguían en el pueblo, por no haber podido escapar al campo —. ¡San Roque bendito guardará a su pueblo! ¡Y al primero que salga de noche le despellejamos!

También los del barrio bajo corrieron descalzos a la iglesia de San Roque. Pero de allí a poco empezaron a menudear los coléricos como los goterones gordos que anuncian temporal; y decíanse de éste que era un cerdo, y que se había muerto de un atracón de higos chumbos; y del otro, que había vuelto del campo de noche cerrada. En suma: que había entrado el cólera, pese a los guardias, y en las propias barbas de San Roque, no obstante haber soñado una vieja, en olor de santidad, que San Roque en persona le decía: "No tengáis miedo del cólera, que yo estoy a la mira, y no soy como ese holgazán de San Pascual."

Nino y Turi no se habían vuelto a ver desde lo de la mula; pero apenas el labrador supo que los dos hermanos estaban malos, corrió a su casa, y encontró a Saridda negra y desfigurada en el fondo del cuartucho, junto a su hermano, que estaba mejor, pero que se tiraba de los pelos, sin saber qué hacer.

— ¡Ay San Roque ladrón! — se puso a gimotear Nino —. ¡Esta sí que no me la esperaba!... ¡Ay Saridda! ¿Qué, no me conoces ya? ¡Soy Nino, el Nino de antaño!

La Saridda le miraba con ojos hundidos, que era menester una linterna para encontrárselos, y a Nino se le hacían dos fuentes los suyos. ¡Ay San Roque, esto es peor que lo que nos ha hecho San Pascual!

Pero la Saridda se curó y, según estaba a la puerta, con la cabeza envuelta en un pañuelo, amarilla como la cera virgen, le decía:

— San Roque ha hecho el milagro, y tú tienes que venir también a llevarle una vela para su fiesta.

Nino, con el corazón encogido, decía que sí con la cabeza; pero entre tanto le dió a él el mal también, y estuvo a la muerte. Saridda entonces se arañaba la cara, y decía que se quería morir con él, y que se cortaría el pelo y lo echaría a la caja, y nadie volvería a verla en su vida.

— ¡No, no! — respondía Nino con rostro desfigurado —. A ti te volverá a crecer el pelo; pero quien no te verá más seré yo luego de muerto.

— ¡Vaya un milagro que te ha hecho San Roque! — le decía Turi para consolarle.

Y ambos a dos, ya convalecientes, según tomaban el sol, apoyados en la pared, se echaban en cara uno a otro su San Roque y su San Pascual.

Cierta vez pasó Bruno, el carretero, que volvía de fuera, ya acabado el cólera, y dijo:

— Tenemos que hacer una gran fiesta para darle gracias a San Pascual, por habernos salvado a todos los que aquí estamos. De ahora en adelante no habrá ni tiberios ni peleas, ya que se ha muerto el vicepretor, dejando el pleito en el testamento.

— Sí, haremos la fiesta por los muertos — sugirió con mofa Nino.

— Y tú, ¿estás vivo por San Roque acaso?

— ¡Queréis acabar de una vez! — interrumpió Saridda —. ¡A ver si va a ser menester otro cólera para hacer las paces!

"PUCHERETE"

(Pentolaccia.)

Ahora le toca el turno a "Pucherete", un buen tipo también, que hace su papel entre tantos animales como hay en la feria, y todo el que pasa le dice algo. El mote se lo merecía en verdad, porque tenía su puchero lleno, gracias a Dios y a su mujer, y comía y bebía a costa del compadre don Liborio mejor que un rey.

Uno que nunca haya tenido el feo vicio de los celos y ha bajado siempre la cabeza en santa paz, San Isidoro nos libre si le da luego la ventolera de hacer una locura, bien empleado le está el ir a la cárcel.

Se había empeñado en casarse con la Vénera, sin tener sobre qué caerse muerto, sin más capital que sus brazos para ganarse el pan. Inútil fué que su madre, la pobre, le dijese:

— Deja en paz a la Vénera, que no es para ti, que lleva la mantilla levantada y enseña el pie cuando va por la calle.

Los viejos saben más que nosotros, y por nuestro bien debemos escucharlos.

Pero a él no se le apartaba del pensamiento aquel zapatito y aquellos ojos ladrones que se salían de la mantilla en busca de marido; así, pues, se casó con ella sin querer darse a razones, y su madre se marchó de casa, después de treinta años de vivir en ella, porque suegra y nuera son como perro y gato. La nuera tanto hizo y tanto dijo con su boquita melosa, que la pobre vieja gruñona tuvo que dejarle el campo libre e ir a morirse en un tugurio; entre marido y mujer había peleas y cuestiones cada vez que era menester pagar la mensualidad del tugurio aquél. Cuando al cabo la pobre vieja dejo de penar, y él corrió al oír que le habían dado el Viático, no pudo recibir su bendición ni escuchar las últimas palabras de la moribunda, que tenía ya los labios sellados por la muerte y el rostro desfigurado, yacente en el rincón de la casucha, ya anochecido, y solamente conservaba vida en los ojos, con los que parecía querer decirle tantas cosas.

Quien no respeta a sus padres, hace su desgracia y acaba malamente.

La pobre vieja se murió con el sentimiento de lo mala que le había salido la mujer de su hijo; Dios le había concedido la gracia de irse de este mundo llevándose al otro todo lo que tenía dentro contra la nuera, porque sabía cuánto le habría dolido a él. Apenas Vénera se quedó de ama de casa y empuñó las riendas, hizo tantas, que la gente no llamaba a su marido sino con aquel mote, y cuando llegaba a sus oídos y se aventuraba a quejarse a su mujer, "¿Tú lo crees?", decíale ella. Y nada más. El, tan contento como unas pascuas.

Así era él, pobrecillo, y con ello no hacía mal a nadie. Si lo hubiera visto con sus propios ojos, dijera que no era verdad, por gracia de Santa Lucía bendita. ¿De qué serviría repudrirse la sangre? Era la paz, la providencia en casa, la salud por añadidura, que el compadre don Liborio era médico también. ¿Qué más se podía desear, santo Dios?

Todo lo hacía en común con don Liborio: tenía un cercado a medias, tenía una treintena de oveja, puntos arrendaban pastos, y don Liborio daba su palabra en garantía cuando iban al notario. "Pucherete" le llevaba las primeras habas y los primeros guisantes, le cortaba la leña para la cocina y le pisaba la uva en el lagar; a él, en cambio, no le faltaba nada: trigo en la panera, vino en el barril ni aceite en la orza; su mujer, blanca y colorada como una manzana, lucía zapatos nuevos y pañuelos de seda; don Liborio no cobraba sus visitas, e incluso le había apadrinado un chico. En suma: constituían una sola casa y le llamaba a don Liborio "señor compadre", y trabajaba a conciencia. En ese aspecto no se le podía decir nada a "Pucherete". Hacía lo posible por que prosperase la comandita con el señor compadre, que con ello obtenía su mejor fruto, y todos estaban contentos.

Ahora bien: acaeció que tan angélica paz se trocó en un tiberio de todos los demonios; de pronto, en un día tan sólo, en un momento, según los otros labradores que araban el barbecho charlando a la sombra a la hora de siesta, dieron por casualidad en hablar de él y de su mujer, sin darse cuenta de que "Pucherete" se había tumbado a dormir detrás del seto y nadie le había visto. Por eso suélese decir: "Cuando comas, cierra la puerta, y cuando hables, mira en tu derredor."

Esta vez parece como si el diablo le hubiera ido a hurgar a "Pucherete" según dormía, soplándole al oído los improperios que de él decían y clavándoselos en el alma con un clavo.

— ¡Pues y ese cabra de "Pucherete" — decían —, que se está comiendo a don Liborio!

— ¡Que come y bebe en el barro! ¡Y que engorda como un cerdo!

¿Qué sucedió? ¿Qué le pasó por las mientes a "Pucherete"? Se levantó de pronto, sin decir nada, y se echó a correr hacia el pueblo como mordido por la tarántula, ciego de sus ojos, que hasta la hierba y las piedras le parecían rojos de sangre. A la puerta de su casa se encontró a don Liborio, que salía tranquilamente, haciéndose aire con el sombrero de paja.

— ¡Oiga, "señor compadre" — le dijo —; si le veo otra vez en mi casa, como hay Dios que se arma la fiesta!

Don Liborio se le quedó mirando como si hablase en turco, y creyó que con aquel calor se le habían hecho los sesos agua, porque, en verdad, no se podía imaginar que a "Pucherete" se le ocurriera ser celoso luego de tanto de cerrar los ojos, y siendo, como era, de la mejor pasta de maridos que podía haber en el mundo.

— ¿Qué tienes hoy, compadre? — le dijo.

— ¡Tengo, que si le veo otra vez en mi casa, como hay Dios que se arma la fiesta!

Don Liborio se encogió de hombros y se marchó riendo. El entró en su casa todo descompuesto y repitióle a su mujer:

— Si veo aquí otra vez "al señor compadre", como hay Dios que se arma la fiesta.

Vénera se puso en jarras y comenzó a regañarle y a decirle improperios. El se obstinaba en decir siempre que sí con la cabeza, pegado a la pared, como un buey que tiene la mosca y no quiere darse a razones. Los chicos lloraban al ver aquella novedad. La mujer, al cabo, cogió la tranca y le echó de casa para quitársele de delante, diciendo que ella era muy dueña de hacer lo que le parecía bien.

"Pucherete" no podía trabajar en el barbecho: siempre pensaba en lo mismo, y tenía una cara de basilisco que no se le conocía. Un sábado, antes de anochecer, clavó la azada en el surco e se marchó sin saldar la cuenta de la semana. Su mujer, al verle llegar sin los cuartos, y por añadidura, dos horas antes de lo acostumbrado, tornó a insultarle, y quería mandarle a la plaza a comprar sardinas saladas, porque tenía una espina en la garganta. Pero él no quiso moverse de allí, con la niña entre las piernas, que la pobrecita no se atrevía a moverse, y lloriqueaba de miedo al ver la cara de su padre. Vénera, aquella noche, tenía el diablo en el cuerpo, y la gallina negra, acurrucada en la escalera, no cesaba de cacarear, como cuando va a suceder una desgracia.

Don Liborio solía ir después de su visita, antes de jugar en el café su partida de tresillo; aquella noche, Vénera decía que quería que le tomase el pulso, que todo el día había sentido calentura por el mal que tenía en la garganta. "Pucherete" estaba callado y no se movía de su sitio. Pero cuando se oyó por la tranquila callejuela el paso lento del doctor, que se llegaba poco a poco, cansado de la visita, resoplando por el calor y dándo el aire con el sombrero de paja, "Pucherete" cogió la tranca con que su mujer le echaba de casa cuando estaba de sobra y se apostó tras de la puerta. Por desgracia, Vénera no se dió cuenta de ello, según había ido en aquel momento a la cocina a echar una brazada de leña bajo el caldero hirviendo. Apenas don Liborio puso el pie en la habitación, su compadre levantó la tranca y le dió tal golpe en el cogote que le mató como a un buey, sin que fuera menester médico ni boticario.

Así fué como acabó "Pucherete" en presidio.

FIN